HANK
THE COWDOG

警犬汉克历险记54

U0592695

恐龙鸟事件

作 者

[美] 约翰·R.埃里克森

插画家

[美] 杰拉尔德·L.福尔摩斯

译 者

刘晓媛 英尚

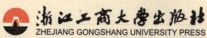

浙江工商大学出版社
ZHEJIANG GONGSHANG UNIVERSITY PRESS

图字：11-2011-207 号

图书在版编目（CIP）数据

恐龙鸟事件/（美）埃里克森（Erickson, J.R.）著；
刘晓媛，英尚译.—杭州：浙江工商大学出版社，2015.3
（警犬汉克历险记；54）
书名原文：The Case of the Dinosaur Birds
ISBN 978-7-5178-0152-8

I.①恐… II.①埃… ②刘… ③英… III.①儿童故
事—美国—现代 IV.①I712.85

中国版本图书馆 CIP 数据核字（2013）第 292235 号

恐龙鸟事件

[美]约翰·R.埃里克森 著

刘晓媛 英尚 译

出版发行	浙江工商大学出版社
出 品 人	鲍观明
版权总监	王毅
组稿编辑	玲子
责任编辑	罗丁瑞 黄静芬
策划监制	英尚文化 enshine@sina.cn
营销宣传	北京大地书苑图书发行有限公司
设计排版	纸上魔方
印 刷	北京市全海印刷厂
开 本	710mm×1000mm 1/16
印 张	8
字 数	100 千字
版 印 次	2015 年 3 月第 1 版 2015 年 3 月第 1 次印刷
书 号	ISBN 978-7-5178-0152-8
定 价	19.80 元

本书献给我的朋友——
小吉恩·爱德华·维斯，
他是一位学者、作家和教师

牧场全景图

1. 盖岩高地
2. 通往特威切尔市的道路
3. 通往高速公路和 83 号
   酒吧的道路
4. 马场
5. 斯利姆的住所
6. 蛋糕房
7. 器械棚
8. 翡翠池
9. 鲁普尔一家住所
10. 比欧拉所在牧场
11. 邮筒
12. 油罐
13. 狼溪
14. 黑森林

出场人物秀

汉克

牛仔犬，体型高大。自称牧场治安长官。忠诚又狡黠，聪明又愚蠢，勇敢又怯懦。昵称汉基。

卓沃尔

汉克忠诚但胆小的助手。个子矮小，执行任务时，经常说腿疼，让人真假难辨。

皮特

牧场里的猫，喜欢和汉克作对，但与卓沃尔关系不错。

鲁普尔

汉克所在牧场的主人，萨莉·梅的丈夫。

萨莉·梅

牧场女主人，因不喜欢汉克的淘气和邋遢，与汉克的关系时好时坏。

阿尔弗雷德

鲁普尔和萨莉·梅的儿子，是个活泼、好动的小男孩儿。

弗瑞迪和他的妈妈

两只迷路的鹈鹕。

瑞普和斯诺特

郊狼兄弟。头脑简单，性情凶残，喜欢唱歌和豪饮。

精彩抢先看

了解你的敌人

在我与两只恐龙鸟进行战斗之前，我必须做一点儿小小的侦察工作，收集一些情报。

我一点儿一点儿地向前挪动，来到了一个可以窃听的位置，距离那些鸟大约二十码。事实上，我很惊讶自己能做到距离他们这么近而又不被发觉。

不要忘了，他们有"腌肉探测雷达"。唔，也许腌肉探测雷达只对腌肉起作用，并且……嗯，我不是腌肉。这就说得通了。

总之，让我们大致描述一下这些罕见的恐龙鸟的模样吧。他们像鹅一样大，有着长长的瘦腿，腿的末端是有蹼的脚；全身长满了棕色的羽毛，只有腹部是白色的；双翼伸展开时很宽，就像秃鹰一样；脑袋……

这是令我难以置信的部位。这是我见过或者想象中见过的最怪异的脑袋。除了还有一双小眼睛之外，整个脑袋几乎被一张鸟嘴占据了。我们现在所说的鸟嘴足有两英尺长！

目录

第一章 我们集合起来等待
剩饭　　　　　　　1

第二章 天空中奇怪的鸟　10

第三章 我的腌肉被偷走了　19

第四章 你们想知道的关
于恐龙的一切　28

第五章 卓沃尔令人震惊
的报告　38

第六章 我们派出了一支
侦察队　45

第七章 我遇到了一只真正的恐龙鸟　54

第八章 我设法帮助一个处于困境的家庭　63

第九章 卓沃尔被投进了监狱　72

第十章 我们找到了生活的答案　86

第十一章 双重麻烦　95

第十二章 正义又取得了胜利!　107

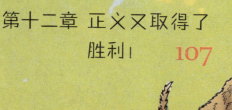

第一章

我们集合起来等待剩饭

又是我，警犬汉克。他们是我们以前从未见过的生物。我不知道他们的身份和籍贯，也不知道他们来到我的牧场上的用意。不过，我当时就知道，他们不属于这个世界。

我还有理由相信……等一下，先暂停，停止，打住。我不认为我应该把接下来的这条信息公之于众，我的意思是，人们永远不应该在故事的开头就讲一些吓人的情节。

为什么？因为小孩子们。你们都知道我在这件事情上的立场。我不介意给孩子们一些刺激，甚至偶尔给他们一些惊吓，不过，如果涉及一些深奥的、可怕的内容，我立刻就会犹豫起来。

哦，我知道你们在想什么。你们认为自己可以应付可怕的事情，因为你们都见过银色巨鸟、镜子中的幽灵、万圣节的鬼魂、吸血猫，还有我们在这个牧场上遇到的其他怪兽与妖精的故事，最终都安然无恙地过来了。好吧，也许你们都经历过了这些事情，但不要让这种事情蒙蔽了你们的判断力。

事实是，你们并不知道在这个故事中会有什么出现。不过，我知道，而且我不打算透露任何关于史前恐龙鸟的信息，所以，不要追问了。首先，你们不会相信我；其次，即使你们相信我，你们也会吓得不敢去读接下来的故事。

所以，基本原则一：不要提到那……等一下，我是否已经……好吧，接下来是基本原则二：在我说漏嘴，打破了基本原则一时，你们会忽略我所说的任何事，你们会对那些不宜说出口的事情充耳不闻。

你们应该注意一下，现在，我们准备讲这个故事了。

一切开始于一个早晨。不，等一下，一切开始于一个傍晚，是的，我确定那是一个傍晚……或者是在中午时分？你们知道，我记不清故事是在什么时候开始的，我也不在乎，反正它开始于某个时间，我们知道这些就足够了。因为如果故事没有开始，我们也不会谈起它。

现在……我们在说什么？唔，我知道这很重要，它就在我的最边……嘴边，让我们这样说。通常，放置事情的最好的地方，就是在你的嘴边，因为你过后可以回去找它。我的意思是，你怎么能把放在舌尖上的东西忘掉？

这是不可能的。从另一个方面来说……你们知道，这的确令人尴尬。突然之间，我的头脑……一片空白。我不知道我们刚才在谈论什么，不过，我却仍然有一种感觉，它非常、非常重要。

我知道是什么引起了这种现象，由于多年以来一直与卓沃尔在一起工作，一些霉斑堆积在了我脑细胞的周围。你们知道那些霉斑会让你们的牙齿变成什么样，是吧？很糟糕，它们会让牙齿退化，让牙根腐烂。所以，你们可以想象一下它们会对大脑细胞产生什么样的影响。它们让我们胡言乱语、偏离主题，所以，不要忘了每天刷两次牙，并且使用牙线。

不要吞下那些牙线。牙线是一种线，谁的胃里也不需要牙线，去问一下明白人。我曾经吞下过一根线，上面还拴着一个鱼钩……

我们怎么扯到线与鱼钩的事情上了？这太无厘头了，你们知道，在我开始与卓沃尔一起工作之前，我进行一次正常的对话，或者沿着一条思路一直思考下去，并没有任何障碍，不过，现在……

等一下！我想起来了。别再扯那些鱼钩啦。那是牧场上的一个清晨，你们知道在清晨的这个时候会发生什么重大事件吗？提示一下，它的开头是"剩饭"，结尾是"时间"。

剩饭时间，你们得出正确的答案了吗？很好。是的，在这里，平常的一天开始于早上八点钟左右，这时，我们敬爱的牧场主妇萨莉·梅会从庭院的后门走出来，手中端着一盘丰盛的早餐剩饭。

即使在恶劣的天气里，剩饭时间也会给一条狗的生活带来意义与乐趣，它让我们从压力巨大的一天二十四小时管理牧场的日常事务中暂时解脱出来，休息片刻。我们在这里所说的日常事务，是指调查犯罪、向邮差吠叫、巡逻鸡舍、监视怪兽以及其他我们在牧场上所做的事情。

这些事情都责任重大，而每个早晨的这段珍贵的时光对我们来说非常重要。你们知道，它可以让我们保持对生活、工作以及其他诸如此类事情的活力与兴趣。

在平时的剩饭时间里，我们可以期待吃上几口炒鸡蛋和几片烤面片。不过，在幸运的日子里，我们除了可以得到炒鸡蛋与烤面包之外，还可以额外得到五六片肥美多汁的腌肉。

你们知道我在腌肉问题上的立场。我喜爱这东西，绝对喜爱，这就是我和卓沃尔总是尽量早早地赶到这里等待剩饭的原因。我们想要抢先一步抵达这里等候，这样我们就可以保护我们的腌肉，不让它们落到这个院子里的猫的手中。

我们曾经讨论过猫吗？也许没有。我不喜欢猫，尤其不喜欢在我们牧场上的这一只——皮特，他是一个卑鄙小人，一个懒鬼。醒着的时候，他时刻都在打着那些肥美多汁的腌肉的主意。

我也是，不过，狗这么做与猫是有区别的。看，猫是一种十足的贪吃鬼，反之，高级的狗则更优雅一些。我们遵循着礼貌的举止规矩，我们有秩序地等待着轮到自己，而猫们甚至不知道这些规矩的存在，只要一有机会，哪怕是微不足道的机会，他们每次都作弊。

只要有一只猫，我就会让你知道他是一个骗子。

这就是我们狗们要在剩饭时间里早早地赶到这里的重要原因，它给我们一个机会去奠定正确的基调：要有规矩和礼貌，没有混战、嘘声、推搡与拥挤，不会为了剩饭而争吵。

相当令人震惊，是不是？的确如此。我的意思是说，食物是很重要的，不过，我们不会让它控制了我们的生活。如果一个家伙赢得了所有的剩饭，但却在过程当中失去冷静……嗯，这说明了什么？他并不比你们普通的猫要好。

说起猫，当我与卓沃尔赶到庭院门口时——比预计时间提前了五分钟，提醒你们一句——我们发现那只猫已经在那里了，他坐在地上，尾巴绕在身体后面，贪婪的目光正在向房子那里张望，咕噜咕噜地叫着，就像一个小小的……什么东西，就像一只贪婪的小摩托艇。

当他听到我们的脚步声时，他转过身来，露出了他惯常的冷笑。"天哪，天哪，这是神奇狗汉克……你来晚了。"

我向他怒喝了一声。"我们没有来晚，小猫咪，我们提前了五分钟，这样我们就可以排在队伍的最前头了。"

"哦，运气真差，我觉得这没用。"

我把鼻子戳到了他的脸上。"我觉得它有用，你这个小瘟神。"

"不，不，汉基，正如你所看到的，我排在了最前面。"他眨了眨眼睛，窃窃地笑着，"不是你。"

"哦，是吗？好吧，告诉你一个坏消息，你所排的是骗子的队，我们要开始排一个新队伍，一个礼貌之队，你到后面去。"

"但是，汉基，我来得比你早，正大光明地赢了你，嘻嘻。"

"是的，这是作弊。"

"这就是这种游戏的玩法，汉基。"

"你这是骗子游戏的玩法。这是一个新游戏，我们都要按规则来玩。"

他用舌头长长地舔了一下自己的爪子。"哦，真的？我们正在谈论的是什么规则？"

"公平的规则，皮特，规则一就是，猫永远排在后面。到后面去，快走开！"

他的目光游移起来。"你知道，汉基，这是没用的，这招从不管用，是因为……"他眨了一下眼睛，"……拿来剩饭的是萨莉·梅，而我是她特别的宠物。你知道如果你大吵大闹会发生什么事。"

我听到一声咆哮从我喉咙深处的某个地方传来。"皮特，你太卑鄙了。"

"我知道，有时候这真的让我困扰，不过不是今天，嘻嘻。"

在让人心跳加速的片刻时间里，我用手按下了发射按钮。径直跑到那个卑鄙小人的面前。给他罪有应得的一顿修理应该是一件非常容易的事情。不过，在最后一秒钟，我取消了发射，向后退了一步。我的意思是，我们当中必须有人表现得成熟一点儿，是不是？

"好吧，皮特，仅此一次，我不计较这件事了。"

"我原以为你早就明白了。"

"我希望你消化不良。"

就在这时，后门开了，走出来……我的天啊，我简直无法相信自己的好运……走出来的是我整个世界上最好的朋友。

小阿尔弗雷德!

你们明白这意味着什么吗？嘿嘿，我明白，小猫咪也明白。

第二章

天空中奇怪的鸟

看，事情就是这样。小阿尔弗雷德是一个善良的小男孩，公平而正直，最主要的是，他以往从来不会纵容猫，不像他的妈妈……

我是在这个世界上最不愿意对这座房子的女主人品头论足的狗，不过，坦率地说，在我们漫长的风雨飘摇的关系中，有许多次，当我注视着萨莉·梅的眼睛时，我有一种感觉，就是，她不喜欢狗。

或者，她只是不喜欢我吗？当然不是，不，我们不稳定的关系萌芽于这样一个事实，即她对猫没有抵抗力，这是一个非常悲哀的状况。人们没有意识到猫狡诈的真实本性……也许我们最好把这个话题放到一边。

问题是小阿尔弗雷德不可能掉进皮特的陷阱当中。当小猫咪看到小阿尔弗雷德端着一盘子剩饭从门里走出来时，他脸上那个傲慢无礼的嘲笑表情顿时消失了。他把目光转向我，对我投来憎恶的一瞥。

我满心欢喜。我就知道正义的事业必定会取得胜利。"嗨，皮特，你现在怎么说，呃？哈哈哈！萨莉·梅在哪里？"

"这并不好笑，汉基。"

"这当然好笑，这简直太好笑啦。排到队伍的后面去。"他没有移动，于是我做了任何一条正常的狗都会做的事：我向他发出了一串正义而响亮的吠叫声，我们称之为"火车喇叭应用程序"。

汪嗷！

嘿嘿，我喜欢这么做，尤其是当萨莉·梅没有站在一旁，手拿扫帚的情况下。小猫咪的反应与我期望的一样，他跳到了半空中，足有三英尺高，身子翻了过来，发出嘘声，吐着口水，尖声叫喊，弓起了后背。好吧，也许他的那一记猫拳侥幸打到了我，不过我甚至一点也不……

事实上，打得很疼，不过，不用管它了。重要的事情是一只恃宠而骄的、劣等牧场小猫颜面尽失，而正义的事业取得了胜利。

小猫咪用眼镜蛇一样的眼睛瞪着我，开始向队伍的后面走过去了，那是每只猫在生活中所属的位置。"非常好，汉基，不过风水可是轮流转的。"

"真的吗？太好了，这一次我让你听到了火车喇叭，下一次，我会让你听听远洋客轮的喇叭。我保证你不会喜欢它的。"

说着，我从那只愠怒的猫身边走开，准备迎接我的剩饭大典。你们会对此留下深刻的印象。看，大多数普通的狗会开始疯狂地庆贺起来——蹦来蹦去，拍打着尾巴，吠叫，流口水，大吵大闹。

我不是这样的。我费了很大的劲儿控制住自己原始的本能，因为……嗯，当你知道你赢得了比赛时，你不需要得意洋洋。得意洋洋固然很好玩，不过，它只是蛋糕上的糖霜。胜利才是关键。

于是我找到头脑中的控制面板，开始轻按那些开关。

关闭"跳跃与俯冲程序"。

关闭"疯狂摇尾程序"。

关闭"流口水程序"。

关闭"眼睛由于对食物的渴望而闪闪发光程序"。

当那个男孩儿沿着人行道走过来时，我坐在庭院门前的地面上，排在最前面，表现得就像一位完美的狗绅士正在等待着接受剩饭的奖赏。

他向我微笑起来。"嗨，汉基，你想要剩饭吗？"

我兴奋得颤抖起来，不过，我没有让这种情绪表现出来。他打开大门，把盘子伸到我的嘴巴前……腌肉！我的天哪，我中大奖啦！六七片肥美多汁、香气扑鼻的肥腌肉！

是的，我想要剩饭，不过我会表现得像一位绅士一样。我排在第一位，所以没有必要让自己的举止像一个笨蛋。我牢牢地控制着我的情绪，看了他一眼，说："只要几口就够了。"

他对此留下了深刻的印象。他理应如此。他在我的脑袋上拍了一下，看了看等待剩饭的队伍：排在第一位的是我，排在第二位的是卓沃尔，排在最后面的是贪吃的小猫咪，嘻嘻。

"好吧，你们都有份，沿着篱笆排好队，在我发出信号之前不要吃。"

是的，先生！我已经站在正确的位置上了。于是卓沃尔与小猫咪你推我挤，想要占据我右侧的空隙，结果我们排出了一个新队形：我在左边，卓沃尔在中间，皮特在最远的右边，我们的眼睛都向那个小男孩望去。

他点了一下头。"这很好，现在，既然汉基排在第一位，我要给他吃腌肉。"他把腌肉扒拉到地上，就在我面前。

我听到从右侧传来奇怪的声音。卓沃尔发出了呻吟声，皮特则发出了当猫们非常不高兴时所发出的声音——让你联想到警笛的号叫声，他讨厌这个场面。我不希望自己的表现太过傲慢专横，于是我压低了声音说："有什么事情不对劲儿吗，皮特？跟我谈谈，伙计，嗨，如果你对这个服务有任何不满，打电话给管理人员，发出抱怨，进行投诉，不要害羞。"

他怒视我的目光足以烫掉十三只鸡的羽毛，他发了狂，老兄，不过他对此束手无策、无计可施，嘻嘻。

阿尔弗雷德沿着队列走过来，他把一些炒鸡蛋扒拉到卓沃尔的面前，然后走到皮特身边："哎呀，这里只剩下一块烤饼了，皮特，你想要烤饼吗？"皮特发出了令人同情的哀鸣声，阿尔弗雷德耸了耸肩，"我认为汉基不会把他的腌肉分给你。"

说得没错，汉基不会把他的腌肉分给这个小乞丐。如果小猫咪想要吃腌肉，他最好早点儿来，像我们其他人一样排队等候。

嗯，剩饭分配完了，现在就等着阿尔弗雷德给我们发出信号，好让我们开始狼吞虎咽……呃，好开始用餐，应该这样说。当他把他的右手高高地举在空中时，我的整个身体都开始颤抖起来。

"准备好了吗？"

我一动不动，等待着他的手落下来。他的手没有落下来，相反，他的眼睛抬起来向天空望去，他说："哇噢，看那些鸟！"

我脑海中的一个声音叫喊着："哇噢，别管那些鸟了，让我们开始吃吧。"

不过，他的眼睛一直在注视着天空。"他们看起来就像是翼龙——恐龙鸟！"他冲向门廊，"妈妈，快出来看看！"

见鬼，早餐被叫了暂停。我无事可做，于是抬起眼睛，打量着天空中那几个物体。乍看上去，我还以为他们是秃鹰，那些巨大的鸟儿们缓慢地拍打着翅膀，在天空中翱翔着。

不过，再仔细观察一下，我看出了一些不同的地方：他们有着长长的伸向前面的脖子和瘦瘦的伸向后面的腿，还有……他们的嘴！我的天哪，他们长着令人难以置信的长喙。

他们不是秃鹰，不是老鹰，也不是猫头鹰或任何生活在我的牧场上的鸟类。我从来没有见过一只……阿尔弗雷德怎么称呼他们的？地球狗尾巴？我从来没有见过一只地球狗尾巴，不过阿尔弗雷德有几本关于恐龙的书，如果这个男孩儿说那些鸟是地球狗尾巴恐龙鸟，也许他们的确就是。

萨莉·梅从门里跑出来，双手在围裙上擦了擦，抬起头来望着天空。"噢，天哪，我从来没有见过这种东西。"

"他们是翼龙，妈妈，我在图画中见过他们！"

她大笑起来。"哦，我认为翼龙早就绝迹了。"她注意到我们正等候在庭院的篱笆前，"宝贝，你的小朋友们正在等着吃早餐呢。你最好让他们赶快吃完。当你爸爸回家的时候，我们可以问问他关于那些鸟的事情。"

是的，别想那些鸟啦。

阿尔弗雷德走回到大门前，举起了右手。"准备好了吗？"是的，是的，几个小时前我们就已经准备好了。"好的！"他的手臂猛地向下一挥，向我们发出了我们等待已久的信号，开始吃……

呃？

我的腌肉不见了！

我转向右侧，面对着卓沃尔，他正在狼吞虎咽地吃着他的炒鸡蛋。"卓沃尔，就在几秒钟之前，我的面前还有七块肥美的腌肉。如果你偷走了我的腌肉……"

"不是我，我有鸡蛋。"说这些话的时候，他把咀嚼了一半的鸡蛋碎沫喷了我一脸。

"哎呀，你刚刚把鸡蛋碎沫喷到了我的脸上！"

"嗯。谁让你在我嘴里塞满食物的时候和我说话？"

"你又喷了一次！"

"抱歉。"

"贪婪的猪！别再向我喷鸡蛋了！"

"嗯，别再跟我说话，让我把鸡蛋吃完。"

"这件事会写进我的报告里！"

我把鸡蛋碎沫从我的脸上抹掉，向左转身，用杀气腾腾的目光瞪着那只猫。他正在试着咀嚼那块烤饼，看起来那东西难以下咽。在其他情况下，我会停下来欣赏他与一块硬烤饼角斗的情景，不过，此刻我没有这个心情。

"皮特，有人偷走了我的腌肉，我让整个牧场都处于一级戒备状态了。把那块烤饼放下来，向后退三步，快！"

让我感到惊讶的是，那只猫照着我的话去做了。我的意思是，这是有史以来第一次，一只猫遵从了一道命令。显然，那个小讨厌鬼看到了我眼中的怒火，于是决定把嘴闭上。好主意。我的意思是，那只猫已经变成这个案子的主要嫌疑犯了。

当他从篱笆前向后退开时，我走过去，开始用嗅觉雷达扫描着整个地区。如果皮特干了这件事，嗅觉雷达就会捕捉到腌肉味道留下的蛛丝马迹。我彻底地扫描了整个地面，除了那只猫与那块烤饼以外，什么都没有发现。

我把所有信息输入进数据库，等待着它给出结论。片刻之后，一条信息闪过我大脑的屏幕。"有一只跳蚤正在咬你的左耳。"

好痒！这是真的。我一直在忙着处理其他的事情，甚至没有注意到这件事。就在此时，就在此地，我把手头的调查暂且放在一边，一屁股坐到地面上，开始用我强壮而有力的左后爪抓挠我的左耳。

　　好消息是我消灭了那只跳蚤。坏消息是，我仍然不知道是谁劫走了我的腌肉。这真是一个坏消息。

第三章

我的腌肉
被偷走了

我跳了起来，用力甩了甩身体，"反跳蚤程序"进行得非常顺利，现在是解决腌肉盗窃案的时候了。不幸的是，对这个案子我没有任何线索，要想渡过难关，只好凭我的运气了。

小猫咪正在注视着我。他的注意力都放在了我的身上。我走到那块烤饼前，它仍然躺在篱笆附近的地面上。"这是什么？"

"我可怜的早餐，汉基。"

"那么，你为什么不吃掉它？你是不是偷走了我的腌肉？"

"不，汉基，猫在吃东西的时候是很斯文的。不像那些我能叫得出名字的狗，我们不会狼吞虎咽地吃掉我们的食物。"

"请讲事实，皮特。我不关心你的观点。让我感到怀疑的是，你几乎都没有咬那块烤饼一口。解释一下。"

"哦，汉基，那块烤饼已经放久了，它硬梆梆的，很难嚼。"

"哈。你指望我相信你的话吗？"我低下鼻子，嗅了嗅那块烤饼。"嗨，这东西闻起来相当不错。我要把它作为物证带走。"我把那块烤饼叼进嘴里，开始咀嚼起来，"好吧，你继续……"

嘎吱嘎吱。咔嚓咔嚓。

果然，它嚼起来很硬……非常硬……我的天哪，它硬得就像一块岩石，就算用我强有力的嘴巴也很难……

你们知道，当你们咀嚼一块放久了的烤饼时，最后都会弄得满嘴是尖利的碎屑；当你启动吞咽杠杆，想要将那些碎屑吞下去时，它们就会……

咳咳，咳咳，呼哧呼哧。

……有时候，它们就会卡进你的……咳咳，咳咳……气管里。这就是此刻这里正在发生的情形。一块讨厌的烤饼屑卡进了我的……咳咳，咳咳……呼吸设备里，让我呼吸困难。我花了整整一分钟的时间才让自己脱离了危险，此时，我的眼睛泪汪汪的，声音也变得嘶哑起来。

我对那只猫说："好吧，也许在烤饼这件事情上你是对的。"

"我总是说实话，汉基。"

"你很少说实话，皮特，然而你刚刚说了实话。这让我很烦恼。为什么突然之间，你给了我一个诚实的答案？"

"哦，汉基，我只是想要帮助你解决案子。"

我注视着他大大的月亮形的眼睛。"你想要帮助我抓住腌肉盗贼？皮特，如果我看起来疑心重重，请原谅。不过，你为什么要这么做？"

他用爪子在地面上敲打着。"哦，汉基，我想要我的生活恢复正常，我知道在你抓到那名窃贼之前，你不会让我有一分钟的安宁。"

我最初的反应是想放声大笑，不过，有一个声音告诉我接着听下去。"继续说，你是说你有一些情报吗？"

"是的，汉基。当你仰头看那些鸟时，我看到了你的腌肉的去向。"

我向他靠得更近一些。"真的？有没有可能是卓沃尔？"

"不是卓沃尔。他正在忙着吃他的鸡蛋。"

"那就清楚了。我们这里只剩下一个嫌疑犯了。就是你。"

"不是我，汉基。我正在努力咀嚼我的烤饼，记得吗？"

我用眼睛向左右看了看。"好吧，不过这就意味着我们这里没有嫌疑犯了。"

他的眼睛向四周环视着，一丝微笑掠过他的嘴角。"这是显而易见的，你只是没有看到而已。是什么让你把注意力从那些腌肉上面移开？"

"是鸟。当时我正在看天空中那两只样子古怪的鸟。"

"那些鸟不只样子古怪而已，汉基。"他把声音压低成诡异的耳语，睁大了他的眼睛。"他们是来自另一个时空的恐龙鸟！我想你听说过恐龙鸟。"

他的声音与举止让一股寒意自上而下漫过我的脊背。我向后退了一步。"我当然听说过。你想要说什么？"

皮特回头向肩膀左右瞥了一眼，然后朝我走得更近些。"你肯定知道他们配备着超级饕餮腌肉信号弹。"

"什么？超级饕餮……这是某种玩笑吗？"

他耸了耸肩。"如果你这样想，那就没有办法了。汉基，我只是想要帮个忙。"

"真的？嗯，哪天我需要一只猫的帮助，哪天我就要用芜菁当早餐了。走开，去追你自己的尾巴吧。"

我转了一个身，怒气冲冲地离开了。一个多么可怜的小讨厌鬼！超级饕餮腌肉信号弹！哈，这完全是一派胡言，正是你们期望会从一只猫的嘴里听到的……我停下了脚步，呃，发现自己正回过头向那只猫走过去。

"嗨，皮特，让我们把牌都摊在桌面上吧。我关于恐龙的知识有些荒疏了。坦率地说，我对他们一点儿也不了解。你可不可以……皮特，对我来说，这种话很难说出口。"

"我知道你要说什么，汉基，你无法让自己开口请求我的帮助。"

"是的，我的意思是，在我这个位置上的人必须保护他的名声，你明白我的意思吗？"

"我明白，汉基，你想要知道什么？"

我迅速地向卓沃尔瞥了一眼，只是为了确定他没有在偷听。"再告诉我一些关于腌肉信号弹的事。"

皮特后背朝下，在地上打起了滚儿，开始玩弄起他自己的尾巴来。"哦，汉基，恐龙鸟能发出强有力的饕餮信号弹，它能够在很远的地方定位每一块腌肉的位置，甚至能把腌肉拖向空中。"

"所以，你是说……你认为是那些鸟偷走了我的腌肉？"

他点了点头。"我看到腌肉从地面升起来，然后……噗……它们飞进饕餮光束里，径直飞向那些鸟。你没有注意到吗？"

"我没有这样说。我，呃，看到了什么东西，不过，只是模模糊糊的。"

"那是你的腌肉，汉基，在跟你说再见。"

我深深地思索着。"好吧，不过，为什么是恐龙，皮特？他们来自哪里？他们为什么在这里？"

他拍打着自己的尾巴。"这是非常神秘的，汉基。科学家们认为他们已经灭绝了，不过，显然他们当中至少有两只还活着。"

"等一下！先在这里停下来，"我开始踱起步来，当我的大脑切换到更

高的挡位时，我总是这样做。"事情开始有眉目了，皮特，你不明白吗？腌肉，鸡蛋？这是整个谜团中我们漏掉的部分。恐龙鸟靠腌肉与鸡蛋为生，当他们在野外的环境下找不到这些东西时，他们开始从狗那里偷这些东西！"

皮特发出了一个奇怪的喷鼻声。"扑哧，天哪，天哪，汉基，我永远也想不到这一点。"

我转过身来，带着一个胜利的微笑面对着他。"循着这条线索，皮特。那些鸟已经飞来飞去许多年了，他们使用他们的腌肉信号弹寻找食物，今天，他们终于找到了。"

"扑哧！是的，他们找到了，汉基，嘻嘻。"

"是我自己倒霉，他们偏偏就在我中早餐大奖的这一天来到了这里。"

"汉基，我认为你真是，嘻嘻，一个天才！"

"嗯，我不会那么说自己的，不过……嗨，他们选我当牧场治安长官不是因为我长得英俊。"我注意到那只猫正在困难地喘息着，用腹部爬行着。"你生病了吗？"

"哦，不，没事。"突然，他发出尖细的声音，打了一个嗝儿。"糟糕，抱歉。我想我吃得太快了。那块烤饼。"

"是的，那是一块发霉的烤饼。"我把鼻子抬向空中，开始在空气中采集样本。"唔，这真奇怪。我突然之间闻到了一丝腌肉的味道。你闻到了吗？"

那只可怜的猫发出了一声尖叫，一声痛苦的尖叫声，我猜。我的意思是，它听起来非常像一阵尖声的狂笑，不过，这当然是不可能的。他开始向前蠕动着。"它是腌肉的残留气味……嘻嘻……来自于腌肉信号弹……嘻

嘻，咳咳，嗝……请原谅，我必须走了！"

他爬走了，呻吟着，咕哝着。天啊，这真让人感到难过。我的意思是，没有人会为一只生病的猫而让这个世界停止运转，不过，我还是……不喜欢看到那个小讨厌鬼……就是说，皮特……我不喜欢看到皮特身体不舒服的样子。我必须承认，他在这个恐龙鸟的案子中给我提供了非常重要的信息。

哦，算了，一只猫来了，一只猫走了，生活还是要继续。我走到卓沃尔面前，他已经狼吞虎咽地吃下了他的炒鸡蛋，此刻正在舔着地面。"够了，卓沃尔，别再让自己丢人现眼了，会被人看到的。"

"嗯，地面上仍然还留有炒鸡蛋的味道，天哪，真是美味无比的鸡蛋。"

"是的，当你像猪一样吃东西的时候，两只恐龙鸟飞过来偷走了我的腌肉。"

他注视着我。"这是一个玩笑，是不是？"

我向他露出了一些尖牙。"我看起来像是在开玩笑吗？"

"不像，不过，我看到了是谁偷了……"

"你什么也没有看到，你的头低着，你的眼睛向下看着，你的大脑想着下面的事，你的吃相就像一只贪婪的猪。此外，你还喷了我一脸鸡蛋碎沫，一次也就罢了，还喷了两次。"

"是的，不过……"

"这会写进我的报告里。现在，我要去办公室浏览一些文件了。警惕那两只样子奇怪的鸟。如果你看到他们，立刻通知我。"

"是的，不过我能告诉你……"

我大踏步地走开了，留下他独自享受着他自己的无聊的陪伴。事实上，我并不在意他是否舔地面，只要我不在他附近就好。如果有人看到我们在一起，他们或许会认为我们是朋友。

第四章

你们想知道
的关于恐龙
的一切

留下卓沃尔在那里舔着地面，做着其他一些愚蠢得令人看不下去的事情，我回到了治安部门巨大的综合办公楼里，登上电梯，来到我十二层的办公室。

在那里，我拉开窗帘，透过高大的玻璃窗向外凝视着在我面前呈现的景色：摩天大楼，河面上的拖船，几百辆在百老汇大街上川流不息的如同黄色小甲虫的出租车。在底层，这是平常的一天；而在我工作的地方，这一天却并不正常。

我已经让自己卷入到一宗与两只地球狗尾巴恐龙鸟有关的案子中了。他们是一种稀有的生物，今天之前从来没有在我的牧场上露过面。到目前为止，我们只能把他们与一件罪案联系起来——腌肉失窃案，不过我有一种不安的感觉，如果他们继续盘桓在这个牧场上，犯罪活动就会一发而不可收拾。

在治安工作中，知己知彼是非常重要的：他来自哪里？他在什么地方过夜？他吃什么东西？他在安静的时候想什么？除了我设法从那只猫的嘴里打探出来的少量信息之外，我对这些地球狗尾巴恐龙鸟几乎一无所知。我们需要把所有的线索再浏览一遍吗？也许最好如此。

线索一：恐龙鸟会飞。这是显而易见的，因为，嗯，绝大多数的鸟都会

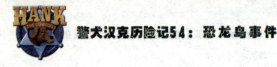

飞，所以，让我们继续看第二条。

线索二：通过我们秘密调查员网络，我们了解到恐龙鸟配备着一些非常高科技的设备，能够定位微小的腌肉碎片，并且是在几百英尺的高空中。我们没有办法破坏他们的腌肉探测雷达。

线索三：恐龙鸟使用腌肉探测雷达的事已经令人感到不安了，更可怕的是他们还拥有镭射钳，能够攫取地面上宝贵的剩饭，这就意味着我们清晨剩饭资源此刻正处于被打折的危险当中。

线索四：我们有一份他们初次袭击我们剩饭资源的目击报告，我们知道他们会在不发出警告的情况下进行袭击，无声无息，不留下任何蛛丝马迹，这是非常可怕的。

线索五：事实上，我们并没有线索五，所以，让我们继续向前吧。

正如你们所看到的，我们对那些坏家伙们没有太多有力的情报。现在是求助数据控制中心的时候了，通过数据控制中心来了解我们有可能知道的关于恐龙的每件事，我正是这样做的。在接下来的两到三个小时里，我调来了一份又一份机密文件，让自己学习了一些关于恐龙的知识。

糟糕的是，我们没有时间看一眼这些报告。我的意思是说，它们非常有趣！这些东西很吸引人，我真的希望……我们有时间瞥一眼恐龙卷宗吗？没有。不过，说实话，我打算挤出一点儿时间来，你们会想要听听这些的，但是，不要忘了，这是高度机密，不要向其他人透露一个字。

让我们开始吧——每个人都想知道的关于恐龙的每件事就在这里。不过，我必须警告你们，我们将会使用一连串深奥晦涩的科技术语。别让这些术语吓倒你们，每次搞清楚一个词。记住，大多数恐龙的名字都是以"龙"结尾的。

好吧，让我们以这个世界上不止有一种恐龙这个事实开头。这个世界上有各种各样的恐龙，他们有的大，有的小，有的介于两者之间；有些恐龙用两条腿直立起来走路，其他一些恐龙则用四条腿、五条腿或七条腿爬行。最有名的是有着七条腿的恐龙，我们称之为"七脚龙"。

一些恐龙只吃蔬菜（胡萝卜龙与菠菜龙），一些恐龙则只吃肉（牛肉龙与猪肉龙），甚至还有一些恐龙既不吃菜也不吃肉，他们吃甜食，如小甜饼龙。

还有一些恐龙则由于他们的外表而得名，疙瘩龙的后背上有一个疙瘩；跳跃龙能跳上树梢和山顶；长尾龙有一条大尾巴；肿块龙行动笨拙，经常撞到东西；树桩龙矮小肥胖；笨蛋龙很愚蠢；象鼻龙有一只长鼻子，就像大象一样；垃圾龙收集骨头与铁罐，如同一只喜欢收集一大堆各种各样东西的林鼠一样。

最大的恐龙（你们可能已经见过这种恐龙的图片了：他有着长长的脖子和长长的尾巴）被称作庞然大物啊呀龙。再一次，恐龙的名字告诉了我们这种动物的长相："庞然大物"（巨大），"啊呀"（可怕），把它们放在一起，你就得到了"巨大而可怕的恐龙"。

嘿嘿，你们对此留下了深刻的印象，是不是？的确如此。大多数普通的狗会被这些艰深晦涩的术语与科技知识搞得晕头转向。我的意思是，让我们面对这个事实吧，大多数狗通常只知道三个词："吃饭"，"睡觉"，还有"咄咄"。

我呢？我在与这些深奥难懂的词语打交道中获得乐趣，并且很乐意帮助孩子们了解我们所居住的这个世界。

总之，这很好地涵盖了整个主题……不，等一下，关于恐龙我们还有一

件事要说明。如果所有的恐龙在他们的名字当中都有"龙"这个字，为什么恐龙鸟被称做"地球狗尾巴"？

他们应该被称作"鸟龙"或"喳喳龙"或者其他能让你联想到"恐龙鸟"的名字，不过，事情却不是这样的。为什么？问得好，你们知道答案吗？

我不知道，所以，让我们跳过这一段吧。

一条狗知道这么多关于恐龙的事情很令人吃惊，不是吗？我已经说过这一点了，不过，它值得重复再重复。任何一条在这个部门工作的狗，都必须是一个精通各种业务的千斤顶与凿岩锤。有时候我们需要力扛千钧，有时候我们需要细心敲凿。不过，求知永无止境，当你不分昼夜地与犯罪分子、间谍、奇异的恐龙鸟斗智斗勇时，你必须能够居高临下，洞察全局。

总之，我在办公桌前研究着诸如此类的文件。就在这时，一个完全陌生的家伙从电梯里冲了出来，径直闯进我的办公室。"汉克，你最好醒一醒！我刚刚看到那些鸟了，你得过来看一眼。"

当一个完全陌生的家伙突然闯进你的办公室里，叫嚷着你的名字时，这会让你怀疑这个完全陌生的家伙到底有多陌生。我的意思是，这是非常奇怪的。而更奇怪的是，这个陌生人让我醒一醒。把这两条线索放在一起，你就会得到一个非常有趣的结论：这个家伙自以为他认识我，并且他认为我正在睡觉。

我，大白天在办公时间里睡觉？哈哈，我不需要告诉你们这有多荒谬，不过我要说一句，只是为了提醒你一句，这是非常荒谬的、令人难以忍受的。牧场治安长官不会在他位于治安部巨型办公楼第十二层的办公室桌子前睡觉。我的话说完了。

或者，从另一个略微不同的角度来看……好吧，也许我的确打了一个盹儿，不过，谁会不打盹儿呢？嗨，我一天工作十八个小时，点灯熬油的。管理牧场的沉重职责让我疲惫不堪、筋疲力尽，也许我一不留神打了一个小盹儿，我并不羞于承认这一点。

总之，这个家伙闯进了我的办公室，站在我的面前。让我描述一下他的样子：大块头，高大威猛，肩膀高度五英尺，脑袋巨大，牙齿就像鲨鱼一样，一双邪恶的红眼睛一闪一闪的，就像两盏霓虹灯。有很长一段时间，我们只是互相盯着彼此的眼睛（我盯着他的，他盯着我的），一丝诡异的沉默笼罩在我们两个之间，就像……嗯，就像一丝诡异的沉默。

我从椅子上站了起来，把我的右爪摆出空手道砍的姿势，然后说："不论何时只要有菠菜叶子，小芽就会永远生长下去！"

这句话想必是击中了他的要害，他张口结舌地只说了一句话："什么？"

于是我重复了我的声明，只是这一次声音更加响亮些。"有用的棍子永远也不会被当作牙签，不要理会那些乡巴佬！"我眨了眨眼睛，更仔细地打量了一下这个陌生人，"你是谁？我们以前见过吗？"

"是的，我们每天都要见上一百多次，我是卓沃尔。"

我眯起了眼睛，更仔细地观察着他。"你是谁的桌子？"

他咧嘴笑起来。"不，我是卓沃尔，老老实实的卓沃尔。"

"好吧，也许你现在是卓沃尔，不过当你走进这个办公室的时候，你是谁？我所见到的那条狗高大威猛，眨着红眼睛。"

"不，一直是我。我猜你正在睡觉。"

我走到门口，向走廊里窥探了一下，只是为了确定我们没有被一只猫或

一个敌人的间谍偷听。然后，我走回到他的身边，轻声地说："德维尔，我不打算追究你刚才所说的我正在睡觉的话。如果我把它写进我的报告里，它会对你不利的。"

"是的，不过我的名字叫卓沃尔。"

"别再告诉我你叫什么名字了，我知道你的名字。"

"是什么？"

"德维尔。"

"不，是卓沃尔，'卓'字开头的。"

"哦，你认为我说错了？你是这个意思吗？"

"嗯……我认为你仍在睡觉。"

"谁派你来的？我必须知道这一点，这会让这个案子转向完全不同的方向。"

他摇了摇头。"嗯，当我走进来时，我是卓沃尔；现在，我仍然是卓沃尔，没人派我来。"

我再次打量着他的脸，这一次看得更仔细。"等一下，先暂停每件事，你是卓沃尔！"

我的天啊，他是我的助手，我刚刚抓到他偷偷摸摸地潜入我的办公室。他是用降落伞落到我们办公楼的楼顶，然后打碎一扇密封的玻璃窗进来的吗？他把绝密文件从我们的卷宗当中偷走了吗？

我不知道，不过我必须查出来。不要忘了那句古老的格言……我想不起那句古老的格言了，所以，跳过这一段。问题是，我必须查明在我自己的办公室里发生了什么事。

我开始踱步，当我们在山顶上遇到雾的时候，我经常这样做。"好吧，让我们重复一次。你是怎么进到我的办公室来的？"

"嗯，我是走进来的。"

"哈！所以这里没有涉及直升机或突击队？这是你对此事的解释吗？"

"是的。"

"好吧，你说你是'走进来的'。这是否意味着你是用的你自己的腿？"

"是的，我用我自己的四条腿。有时候我会一瘸一拐的，不过我的坏腿一直很好地支撑着我。"

我一边用眼睛在办公室内巡视着，一边把这两条线索放在一起：坏腿与一瘸一拐。"好吧，这与我们的人物简介相匹配，你真的是卓沃尔。"

"哦，太好了，我就是这样认为的。"

"不过，你为什么企图使用一个虚假的身份呢？不说这个了。你在我的办公室里干什么？"

"嗯……我来告诉你一些事。"

我停止了踱步，向他狡黠地眯起了眼睛。"你没想偷走我们的卷宗？"

"我们没有任何卷宗。"

"唔，说得好。"我从他的身边走开几步，"非常好，如果你是来告诉我什么事的，也许你应该告诉我了。"

继续读下去，下一章会非常令人惊异。

第五章

卓沃尔令
人震惊的
报告

　　卓沃尔闯进了我的办公室，还记得吗？他说他有一些非常重要的事情要告诉我。经过了一段时间的沉默之后，我说："你继续往下说。刚才你说了关于菠菜叶子什么的。"

　　他疲倦地摇了一下头。"你把我搞糊涂了，我不记得我到这里来干什么了。"

　　"哦，你打算责备我吗？卓沃尔，这么多年以来你一直糊里糊涂。很久以前我就应该对此说些什么，不过，我不想伤害你的感情。"

　　"谢谢。"

　　"不客气。你第一次注意到菠菜叶子是在什么时候？"

　　"昨天……今天……我不知道。"

　　"它们在花园里吗？"

　　"我猜是的。我不在乎。"

　　我怒视着这个小矮子。"如果你不在乎，那么，你为什么要闯进我的办公室里，叫嚷着什么菠菜？你让一条狗还怎么在这里工作？"

　　"你刚才在睡觉。"

　　"我刚才没有……"我用目光向四周环视了一圈，"卓沃尔，我认为我刚刚才搞明白，我想必是睡着了。我想是工作的压力最终把我压垮了。"

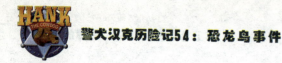

我指着一张椅子，"在这里，坐下，我们谈谈。我并不总是有时间与别人交谈。"他坐了下来，我也坐了下来，"跟我说说牙签的事。"

"嗯，它们是小木棍。"

"是吗？继续说。"

"嗯……狗从不使用牙签。"

"那你为什么提到它？"

"我没有提到它，是你提起的，牙签还有菠菜叶。"

"什么？你是说……"我的目光在这间屋子里环视着，我看到了油罐、两张粗麻袋床，还有卓沃尔。沉默了很长时间以后，我清了清嗓子。"卓沃尔，有些事我必须告诉你。"

"是的，我原本也有一些事想要告诉你的，如果我能回想起来。"

"我资格老，所以我先说。"我向他探过身去，用低低的声音对他说："卓沃尔，我们刚刚进行的这番谈话……在某种程度上，我觉得它不够……清楚。"

"是的，清楚从家里开始。①"

"没错，而家是犯心脏病的地方。"又是一阵长时间的沉默。"卓沃尔，我建议我们忘掉刚才这番对话，千万不要告诉别人在这些墙内发生的事情。"

他向四周瞥了一眼。"我们这儿没有墙。"

"这正是我的观点。如果人们怀疑他们的狗在几堵并不存在的墙壁后面进行一番怪诞的对话，我们就会失去工作。现在，告诉我你为什么闯进我的

---

① 卓沃尔在这儿背诵了一条谚语："仁爱从家里开始"（Charity begins at home），然而他误将charity（仁爱）说成clarity（清楚）。

办公室。"

卓沃尔用空洞的目光看着我。"嗯，让我想一想。"他揉搓着他的脸，把脸上的毛弄成乱蓬蓬的一团，然后，让一只眼珠儿转来转去，显然，他进入了沉思默想状态。最后，他说："哦，是的，现在我想起来了，我在草场上看到了两只大鸟。"

"鸟？我对鸟不感兴趣。"

"是的，不过你告诉我要提防他们，他们身型巨大，有着长长的瘦腿。"

"秃鹰，卓沃尔，可能是华莱士与小华莱士，我仍然不感兴趣。"

他压低了声音。"他们不是秃鹰，我认为他们或许是那些恐龙鸟。"

我注视着这个小矮子。"恐龙鸟！我为什么没有得到通知？"

"嗯，我想要通知你，不过你……"

我从椅子上跳了起来……好吧，我从我的粗麻袋床上跳了起来。我们的牧场是一个设施落后的地方，一条发出臭味的粗麻袋就是我们办公室里所有的家具，你们会认为……哦，算了。

"好吧，孩子，让我们去查看一下。"

卓沃尔在前面带路，我跟在他后面走过花园，走过畜栏，走过翡翠池，登上小山，经过器械棚，然后来到家园草场。我认为这完全是白跑一趟。他看到的很有可能是两只鸡或者秃鹰，或者是一种叫作"喧鸻"的小水鸟。卓沃尔有着荒诞不经的想象力，你们知道，他的报告不能相信。

当我们经过器械棚之后，他停下了脚步，指着远处的什么东西。"在那里，看到了吗？"

他似乎在指着什么东西……两只长羽毛的、用长长的瘦腿站立的什么东西……还有，我的天啊，他们不是秃鹰、鸡或者喧鸦。我眯起眼睛，更仔细地打量着他们，注意到……他们的鸟嘴非常大，我的意思是，几乎与他们的身体一样长！

呃？

我的天哪，他说得对。站在那里的是两只地球狗尾巴恐龙鸟。

突然之间，我觉得毛发沿着我的脊背竖了起来，一丝寒意漫过了我整个身体。我向后退了一步。"卓沃尔，仔细听着，我们打算发出紧急警报了。"

"难道我没有告诉过你他们不是秃鹰吗？"

"是的，我不知道你在说什么。这并不重要，重要的是那些东西不属于这个世界。"

"是的，我试着告诉过你了。"

"能请你闭嘴吗？我数到三，然后我们进入紧急警报演习，只是这一次并不是演习。准备好了吗？三！"

嗖地一声，老兄，我跑了。

我听到从身后传来卓沃尔的声音。"等一下，一和二呢？"

"我是在骗他们！快到掩体中去！"

嗯，我告诉过你们，这将会是一个非常可怕的故事，也许你们当时还不相信我。现在，你们了解到可怕的真相了吧，而这个可怕的真相非常可怕。

我一路飞跑下小山，来到油罐前，钻到了我的粗麻袋床底下。片刻之后，我听到了卓沃尔气喘吁吁的声音，他也钻到了他的床底下。一阵诡异的寂静在整个世界里蔓延，我启动了头脑中的扩音器。

"桃子，这里是大黄，转到紧急频道，你收到了吗？"

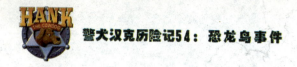
"你告诉我数到三再跑的，不过你没有数一和二。"

"卓沃尔，当我们的对手是恐龙鸟时，我们必须采取秘密行动，并使用欺诈的手段。他们是相当危险的。"

"我告诉过你，他们是恐龙鸟，但你不相信我。我说得对，是吧？"

我思考着他的问题。"卓沃尔，如果我承认你是对的，你就必须向我保证，永远也不把这件事告诉别人。"

"为什么？"

"因为……因为承认你是对的，真的让我有一种受伤的感觉。除非你答应我不告诉别人，否则我不会这么做的。"

"嗯，好吧，我答应。"

我深吸了一口气，端平了我的肩膀，准备进行残酷的坦白。"好吧，卓沃尔，我打算说出在我整个一生中很少使用的几个字，它们对我的伤害超出你的想象。你，说，得，对。"

第六章

我们派出了
一支侦察队

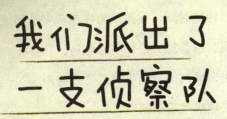

突然，我听到从我的掩体外面传来了一阵奇怪的嘈杂声。"嘻嘻嘻嘻！"

"卓沃尔，我刚刚听到了一串奇特的声音，不是你弄出来的吧？"

"不，不是。嘻嘻。"

"哦，很好。有那么一秒钟的时间，我还以为你在幸灾乐祸地笑呢。"

"哦，见鬼，不，不是我，嘻。想必是那些恐龙鸟。"

"唔，说得好。显而易见，他们能发出叽叽喳喳的叫声。"

"是的，我听到的就是'嘻嘻嘻嘻嘻嘻嘻'！"

"没错。告诉你，让我们离开这个掩体。三秒钟之后我们在外面见。走！"

三秒钟之后，我们在掩体外面的大太阳下见面了。在强光之下，我注意到卓沃尔正在咧着嘴傻笑。"你为什么露出一副傻笑的样子？"

"谁，我？嘻，我不知道我在笑。"

"你刚才在笑，现在还在笑。把那个傻笑从你的嘴角上擦掉，士兵。我们有重要的事情要讨论。"

卓沃尔把那个傻笑从他的嘴角抹掉了，我们开始讨论一些非常重要的事情。首先，我对周围的地势做了一个360度的扫描。让我们的目光转了一个完整的圆，只是为了确信我们没有被猫们或敌人的间谍们，或者甚至是鸡们偷窥。干我们这一行的，永远也不知道危险可能潜伏在哪里。

拿那些鸡们来举个例子，他们在大白天里自由自在地走来走去，大部分的时间都在绕着总部徘徊，啄食砂砾和各种各样的虫子。有时候，他们会闲逛到我们的治安地区，这自然而然地引起了我们的怀疑。我们永远也无法确定他们是否只是一群愚蠢的鸡，或者他们实际上是披着鸡皮的敌人间谍？所以，我们密切地注视着他们。

于是，我做了一个360度的扫描，然后……我曾经提到过我们的扫描设备转不了完整的360度吗？它们转不了，它们只能转半个圆圈，然后，就在那里停住了。有时候，这一停会让一条狗失去平衡，并且，嗯，向后倒在地上。

这就是此刻所发生的情况。不过，这里有一个奇怪的地方。显然那些恐龙鸟正在暗中监视着我们，因为当我砰的一声倒在地上时，我听到了我们刚才听到过的同样的啁啾声。"嘻嘻，嘻嘻，嘻嘻！"

我从地上爬起来，伸展了一下背部的肌肉。"卓沃尔，我认为那些鸟正在嘲笑我们。"

他的目光飘向天空的云。"真见鬼，我从来没有那样，嘻嘻，的想法。"

"什么？"

"我说，我从来没有那样想过。"

"是的，这就是我在这里的原因，孩子，情报的截取需要智力和……嗯，你在这方面有些短腿。"

"是的，不过我一直试着想要长高。"

"好样的。永远也不要放弃希望。"我眯起了眼睛，目光向那片草场望

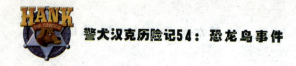

去。那些鸟仍然停留在那里。"好吧，这已经足够了，我们不能坐在这里，坐视这些鸟嘲笑整个治安部门。"

"是的，真是两个讨厌的家伙。"

"我有一个计划。我们要派遣一支侦察队。我们必须查明他们在我们的牧场上干什么。"

"好主意！"

"还有，卓沃尔，"我把一只爪子搭在他的肩膀上，"我们正在寻找志愿者。"

他的眼神一片茫然。"寻找志愿者干什么？"

"我们需要一个合适的人来领导侦察队。"

"是的，不过我只是一条狗。"

"我就是这个意思。我们需要一条合适的狗，这可以让你得到很大的提拔……当然，如果你碰巧能活着回来。"

"你说过我太矮了。"

"高矮在这里不是问题。"

"是的，不过……"他向后退缩着，把一只爪子放在了胸口上，"你记得我们曾经谈论过的心脏问题吗？天啊，我这颗老心脏真的开始悸动了。"

"心脏就是要跳动的。"

"是的，不过不像这样。"突然之间，他开始气喘和咳嗽，眼珠儿也对在了一起，然后仰面朝天地倒在了地上，"哦，见鬼，开始了！先是腿，现在轮到心脏了！哦，我的心脏，哦，我的腿！"

我向着这个嘀嘀咕咕的小矮子投去冰冷的一瞥。我早就知道他在装模作样，我早就知道，不过……嗯，这心脏问题是新出现的，我的确不想冒这个险，也许在他的一生中，他第一次说了实话。这种不可思议的事情是有可能发生的，你懂的。

所以，你又能怎么办？

"好吧，我来领导这次任务。我会赢得勇敢勋章，而你则会用余生来后悔你所错过的好机会。"

"我知道，我讨厌这样。内疚感已经开始蚕食我了。"

"很好。我让你来作替补。"

"天啊，真令人欣慰。"

"如果我在半个小时之内没有回来，再派一支生力军来。我们不知道我们将在那里面临怎样的情况，不过我们可能会卷入激烈的战斗当中。"我转了一个圈，让自己面对着北方，开始大踏步地走向……未知的情况。

我害怕吗？我当然害怕。在我们治安部门中，没有人遭遇过一对恐龙鸟。我们没有接受过防御地球狗尾巴的训练。我们的战斗指南对他们的武器或策略一无所知，例如……他们用那些特大号的鸟嘴干什么？他们有能把一只狗化为一阵烟雾的牙齿……毒液注射器……或镭射武器吗？

我的确很害怕，不过，这项任务必须完成，而我的助手胆子太小，根本不能指望他。

我向前走了，呃，大约二十步，这时，我听到了一个奇怪的声音："嘻嘻嘻。"

我停下脚步，一动不动，竖起一只耳朵聆听着。那个声音停下来了。我转了一个身。"卓沃尔，你刚才说什么了吗？"

"我？嗯，让我想一想。不，不是我，嘻。"

"我几乎可以确信我听到了有人在说'嘻嘻嘻'。"

"哦，那个啊，是的，这又是那些鸟发出来的，我猜他们真的在笑。"

我摆正我宽大的肩膀。"好吧，趁还能笑得出来的时候让他们笑个够吧。到今天结束的时候，我们会看看谁笑到最后。"

"是的，不会是他们，嘻嘻。"

"谢谢，卓沃尔。你有时候是一个胆小鬼，不过至少，你的心脏在正确的位置上。"

"是的，它现在感觉好多了。"

"真的吗？那么，你为什么不……"我话音未落，他又瘫倒在地上，在空中蹬踹着他的腿，"没关系。没有你我会更好。"

"哦，我好内疚！"

卓沃尔的呻吟声回荡在耳畔，我大踏步地离开总部，把我的目光转向那两只巨大而神秘的恐龙鸟，他们正潜伏在我的草场上。

我拟定了一个作战计划，它非常简单：没有战斗。不，先生，在我与两只恐龙鸟进行战斗之前，我必须做一点儿小小的侦察工作，收集一些情报。

我悄悄地从一丛灌木爬向另一丛灌木，从一丛杂草爬向另一丛杂草。我一点儿一点儿地向前挪动，来到了一个可以窃听的位置，距离那些鸟大约二十码。事实上，我很惊讶自己能做到距离他们这么近而又不被发觉。

不要忘了，他们有着"腌肉探测雷达"。唔，也许腌肉探测雷达只对腌肉起作用，并且……嗯，我不是腌肉。这就说得通了。

他们似乎正在争论，专注于自己的谈话，没有注意到我。这很好，我还没有准备好宣告我的到来。

总之，让我们大致描述一下这些罕见的恐龙鸟的模样吧。他们像鹅一样大，有着长长的瘦腿，腿的末端是有蹼的脚；全身长满了棕色的羽毛，只有腹部是白色的；双翼伸展开时很宽，就像秃鹰一样；脑袋……

这是令我难以置信的部位。这是我见过或者想象中见过的最怪异的脑袋。除了一双小眼睛之外，整个脑袋几乎被一张鸟嘴占据了。我们现在所说的鸟嘴足有两英尺长！

他们是样子非常奇怪的生物。难怪他们几乎从地球上消失。他们看起来蠢头蠢脑，谁都会请他们离开的。

我低低地蜷伏在地面上，启动了听觉雷达，开始收集他们的对话。我很快就弄清楚了他们的名字与身份。两只鸟中，个子大一点儿并且年轻一点儿的名叫弗瑞迪。另一只矮小一点儿的似乎是一位老太太，弗瑞迪叫她妈妈。这让我推测弗瑞迪或许是儿子，而那位妈妈是……嗯，他的母亲，也许这是显而易见的。

总之，他们正在激烈地争论着什么事情，那位妈妈看起来情绪很糟糕。这样吧，让我们打开扩音器，你们就能亲耳听一听了。

第七章

我遇到了
一只真正
的恐龙鸟

你们准备好聆听两只地球狗尾巴恐龙鸟之间的对话了吗？开始吧。

（扩音器打开。保持安静！播放录音。）

妈妈：你从来都不看地图。

弗瑞迪：哦，妈妈……

妈妈：你从来都不问路。

弗瑞迪：哦，妈妈……

妈妈：你从来都不停下来吃东西。你只是飞啊，飞啊，飞啊，现在我们像两只兔子一样迷路了！

弗瑞迪：妈妈，我们没有迷路。我认为我们现在是在伊萨贝尔港。看，远处就是灯塔。

妈妈：那不是灯塔，那是一架风车！

弗瑞迪：哦，妈妈，有时候你是对的，不过这一次你错了。在波斯湾海岸没有风车。

他妈妈用两只翅膀捂住自己的脸，发出了一声叹息。"弗瑞迪，三天来我一直试图告诉你，这里不是波斯湾海岸！你径直飞进了一个飓风当中，让我们彻底迷了路。我们永远也回不去了。"

弗瑞迪眯起眼睛打量着远处的风车。"你知道，它看起来有一点儿像风车，是不是？"

"因为它就是一架风车！"

"嘘，妈妈，不要说得那么大声。有人或许会听到。"

"让他们听吧，我不在乎。带我回家！"

弗瑞迪向前后左右看了看。"呃……妈妈，我们需要谈谈，记得我们在哈林根向左拐的弯了吗？我在想，也许我们应该直飞。"

他妈妈张大了嘴，注视着他。"直飞？我就是这样告诉你的。"

"妈妈，有时候你说话含糊不清。"

"好吧，我现在不含糊了，你把我们带到了沙漠当中！"

弗瑞迪看起来理屈词穷了，他晃动着双脚，向四周环视着。"嗯，这看起来是一片很不错的沙漠，看看那些长势良好的仙人掌。"

"我不想看仙人掌！带我回家！"

就在这时，弗瑞迪的目光落在了我的身上，他的眼睛一下子瞪圆了。他倒吸了一口凉气。"妈妈，快安静下来，我认为我在那片草丛中看到了一只狼。"

"一只狼！"

"嘘！不要那么大声。是的，那是一只狼。看到没有？在那边。"

弗瑞迪用一只翅膀指向我，他的妈妈眯起了眼睛。"那是一只狗，弗瑞迪。"

"不，妈妈，那是一只狼。"

"他看起来不像一只狼那样聪明。"

弗瑞迪仔细地端详着我。"你可能是对的，也许他是一条狗，毫无疑问。"

"他就是一条狗。去问问他我们在哪里。"

"妈妈，如果他想吃我怎么办？"

"不要让他吃。"

"这个……"弗瑞迪点了点头，双脚动来动去，"我想我可以试一下，你在这里等着，我认为这花不了多长时间。"

"问问他通往海洋的路怎么走。"

"妈妈，我能处理这件事。你只要保持安静就行，听到了吗？"

弗瑞迪把双翅背在身后，拖着脚向我走过来，看来我要与一只货真价实的地球狗尾巴恐龙鸟打交道了。

他摇摇摆摆地向我走过来，当我说"摇摇摆摆"时，我的意思就是摇摇摆摆。这家伙走起路来像一只鸭子，身体前后摇晃着，他的脸……这是我曾经见过的最奇特的脸，几乎就是一张鸟嘴，还有两只小眼睛。换一种场合，我或许会大笑起来，不过此时，不是笑的时候。

永远也不要低估你的对手，我一直这样说。那些看起来最愚蠢的家伙，或许就是最危险的敌人。愚蠢是聪明的伪装。

他走到我的面前，停下了脚步。"喂。我们看到你在草丛里了。今天草长得怎么样？"

嗯，我暴露了，没有必要试着假装我并不在那里了，于是我站直了身子，严厉地瞪了他一眼。"草长得很茂盛。"

"很好，很好。喂，你不是一只狼吧？"

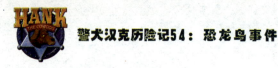
"我是一条狗。"

"哦，很好。和我妈妈说的一样，不过我必须确认一下。"

"警犬汉克，牧场治安长官。我到这里是来进行审讯的，你们在这里干什么呢？"

他皱起了眉头。"嗯，我和妈妈刚才还在谈论这件事，事实是……我们可能迷路了。"他向四周环视了一眼，"哪条路是通往海滩的？"

"我们这里没有海滩。"

"这里距离伊萨贝尔港有多远？"

"我从来没有听说过它。"

"哦，这可不太妙。"他对他的母亲说，"妈妈，他说他从来没有听说过伊萨贝尔港。"

她把双翅举向空中。"看到没？我早就知道！"

他又转身面向我。"那么，先生，我想我们的的确确迷了路。"他咧嘴笑起来，伸出他的右翅。"我叫弗瑞迪。"

我从他的身边走开。"我们知道你的名字，弗瑞迪，这不是一个社交场合。几个星期以来，我们一直监视着你们。我们知道你们拐错了弯，飞进了一个飓风里，被风吹离了航线，在这里着陆——非法着陆，让我加上这一句。你认为那边的风车是一座灯塔，你妈妈被你气疯了。"我转过身，面对着他。"我说得对不对？"

他很吃惊。"天啊，你是怎么知道这一切的？"

"监控，弗瑞迪。这就是我们所做的事。我们把浩如烟海的宗卷放在一起。我们知道你们偷了那块腌肉——别妄图抵赖，我们有一个目击证人。我们甚至知道你们是怎样做的，你们有一个叫'腌肉信号弹'的秘密武器。"

"不，先生，我们原以为那是一座灯塔，结果却是一架风车。你看见远处的那个东西了吗？"他用翅膀指着北方。"风车没有信号弹。"

空气从我的肺里嘶嘶地冒了出来。我从他的身边踱开。这样下去没有任何结果。弗瑞迪就像他看起来的那样愚蠢吗？或者这是某种聪明的反审讯技巧？在眼下这个时刻，我搞不清楚。

"好吧，弗瑞迪，让我们换个问题。你们吃狗吗？我必须知道这一点。"

他踮着脚尖上下摇摆着，皱起了眉头。"嗯，我不吃，不过让我问问妈妈。"他叫喊起来，"妈妈，他想要知道你是否曾经吃过一条狗！"

她尖叫起来："吃一条狗！你们两个在那里干什么呢？"

"嗯，他是一条警卫犬，他在问问题，并且……我不知道。他想知道你是否曾经吃过狗。"

"不！我吃鱼！别再瞎转悠了，带我回家！"

弗瑞迪又转身面向我，耸了耸肩。"她吃鱼。"

我如释重负般地松了一口气。"这是一个好消息。"

"嗯，如果你身处沙漠，这可不是什么好消息。要是妈妈得不到她每天早晨必吃的鱼，她就会变得有些暴躁。"

"弗瑞迪，好消息是恐龙鸟不吃狗。如果她吃狗，我和你就会陷入一场致命的……你为什么盯着我？"

他的鸟嘴张大了，他的眼睛睁圆了。"你说我妈妈看起来像一只恐龙？"

"嗯……是的，我是这样说了。看看她，弗瑞迪，难道她像一只蜂雀吗？一只鸣禽吗？"突然之间，我想明白了，我无意中揭开了一个家族秘

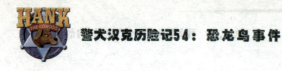

密。"你一直没有告诉她吗？她不知道她自己的真实身份吗？"

弗瑞迪的沉默说明了一切。这个可怜的女人是一个活化石，而她亲生儿子却没有告诉她这件事！

嗯，我不打算花费我半天的时间与两只史前遗种探讨家庭事务，不过……这个案子里有某些东西触动了我的心。我的意思是，弗瑞迪给我的感觉有点儿呆头呆脑，不过，总体来说，他是一个正派的家伙。

显然，这个家庭陷入了危机当中。我会帮助他们吗？或者只是把他们送上公路？

第八章

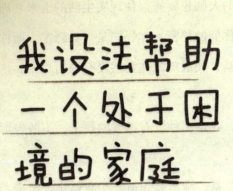

我设法帮助
一个处于困
境的家庭

干我们这种工作的一定要当心，不能让自己变得心软。这就是我们身上穿了一层又一层钢盔铁甲的缘故。这就是普通民众认为我们牧场治安长官冷酷无情的缘故。我们必须强硬，因为我们不得不强硬，不过，偶尔……

我开始踱来踱去，当我的大脑想要掩盖住现实生活的玉米卷肉馅时，我总会这样做。"我们都知道你们的秘密，你妈妈是一只恐龙，而你却从来没有告诉过她，弗瑞雷，弗兰基，我很震惊你竟然没有说出真相。你到底是一个什么样的孩子啊？"

他思考了一分钟。"嗯，我是那种没有勇气的孩子，不敢告诉妈妈她是一只恐龙。"

"这正是我的观点，弗兰基。她需要知道。"我停止了踱步，用坚定的声音说出了下面的话。"她看起来怪里怪气，甚至不知道为什么！"

他的眼睛一下子睁大了。"你认为我妈妈看起来怪里怪气？"

"我当然这样认为！看看她的样子！看看她的鼻子！"

他眯起眼睛望着他妈妈。"嗯……她看起来就像我一样，只是比我老一百多岁。"

"弗兰克，她看起来就像……我可以叫你弗兰克吗？我的意思是，弗兰基听起来有点儿孩子气，你不这样认为吗？在某些方面，我们必须长大。"

我恢复了踱步。"弗兰克，你妈妈看起来就像一只地球狗尾巴恐龙……因为她就是地球狗尾巴恐龙，她需要知道为什么当她走在大街上时，人人都笑话她！"

他向后退了一步。"谁在笑话我的妈妈？"

"弗兰克，听我说。我像朋友一样在跟你说话。我们的妈妈给了我们她们的爱与关怀。我们所能回报她们的，至少是告诉她们事情的真相。"

他用一只翅膀的翅尖挠着自己的头顶。"嗯，我必须承认，有很多时候我认为她看起来有点儿老派。"

"看到没有！你已经向真相迈出了第一步。化石看起来总是很老派的。这是一个不可否认的现实。告诉她。"

他的眼睛向天空望去。"她不会喜欢听到这个的。"

"起初，这或许会伤害到她的感情，不过，从长远看，她会很乐意知道这一点的。我的意思是，在内心深处，我们全都渴望获得真相。我们想知道我们是谁，我们来自哪里。"

"嗯，这听起来不像是我妈妈的作风，不过，如果你认为我们应该告诉她……"

"我认为应该，弗兰克，我真的认为应该告诉她。"我用一只爪子搂着他的后背。"来吧，伙计。我会和你一起去，给你一些精神上的支持。当事情说开了之后，每个人都会觉得很舒畅的。我们走吧。"

我与我的新朋友肩并肩地向那个长着夸张鸟嘴的可怜女人走过去。这是一个相当令人感动的时刻。想一想吧。我与这些鸟隔着几千年的岁月。他们是活化石，而我则生活在现代。我们在你们所能想象到的任何方面都是截然不同的，然而我们的生活却因为一种简单的、对真相的渴望而交织在了

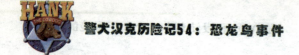

一起。

这几乎让我流下了眼泪。我，一条非常重要的狗，帮助两只我所见过的相貌最平庸的鸟。我笑话他们了吗？给他们起外号了吗？拿他们的外表打趣了吗？没有。事实上，我几乎从来没有在意过他们那难以置信的丑陋。

好吧，我在意过。谁会不在意呢？不过，重要的事情是我没有因为我们之间的差异而歧视他们。我看重的是皮肤、毛发与羽毛下面的品质，这种品质意味着所有动物之间的兄弟情谊。

老兄，现在说的可是一个让人感动的情景！当我与整个世界上第二丑陋的鸟（他妈妈排在第一位）并肩而行时，我觉得自己太了不起了，这种感觉几乎无法用语言表达。

我们走到她的身边，停下了脚步。她的脑袋猛地转了过来，哎呀，她看起来已经烦躁不安了，我们甚至还没有告诉她任何坏消息呢。弗兰克伸出了一只翅膀，拍了她一下。"妈妈，这位是……再告诉我一下你的名字。"

"警犬汉克。"

"对了，你是汉克，而我是弗瑞迪。"

"我还以为你叫弗兰克呢。"

"不，我叫弗瑞迪，整个一生都是弗瑞迪。弗瑞迪·鹈鹕。"

"鹈鹕？这是法语吗？"

"千岛语。"他向我眨了一下眼睛，自己吃吃地笑起来。这好笑吗？他认为好笑，但是我没有时间开玩笑。他的笑容消失了，他回过身面向他的母亲。"妈妈，这位是警犬汉克。他负责这里的治安工作。"

她的目光像叉子一样刺向我。"他在想什么？他认为我们打算抢银行吗？"

"妈妈，听着。汉克是一个很重要的人物，他有些事情想要告诉你。"
他看着我，向我期待地点了点头，"说吧，汉克。"

"我还以为是由你来告诉她。"

"噢，不，我认为……妈妈，请允许我们失陪一下。"我与弗瑞迪走到一边，讨论我们的事务。他轻声说："我以为你想告诉她。"

"嗨，弗瑞迪，她是你妈妈。她不会喜欢从一个陌生人那里听到坏消息的。她需要听她自己的儿子亲口告诉她。"

弗瑞迪踮起脚尖上下摇晃着，认真地思考着。"你这样认为？事实上，我不喜欢把事情搞砸，你知道，我会说错什么话。"

"你会做得很好的。只要告诉她真相就好。当你坚持真理的时候，怎么可能会说错话？"

他思索了一会儿。"嗯，很有可能，我想，不过，如果你确信……"

"我确信，弗瑞迪。现在是儿子与他的母亲一起来了解真相的时候了。"

"好——吧。让我试试看。"

我们走回到她的身边。我几乎可以感觉到空气中的压力，这种压力往往出现在有康复作用的真相被揭露之前。

弗瑞迪深吸了一口气，说："妈妈，汉克想让我告诉你，你看起来就像一只老恐龙。"

呃？

我盯着弗瑞迪，无法相信他说出了刚才那番话。我的意思是，他多多少少说出了真相，不过，他说……

天啊，你们知道死一样的寂静吧。此刻，我们就置身在这样的寂静之

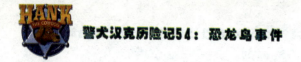

中。你几乎能听到一根纤细的羽毛落地的声音。

他妈妈的眼睛睁大了。她问："你刚才说什么？"

我用爪子压住了嘴唇，希望弗瑞迪能领会我的暗示，闭上嘴。但是他没有，他提高了音量说："这只狗说你看起来像一只老恐龙！"

我抓住弗瑞迪的一只翅膀，把他拖到了一边。"你在说什么？想让我被吃掉吗？"

"哦，我刚刚告诉了她你说的话。"

"那不是我说的话。我说她是一只恐龙，不是她看起来像一只恐龙。一位女士有可能是一只恐龙，不过，没有女人愿意自己长得像恐龙。"

他叹了一口气。"这就是我希望你来说这件事的原因。我总是词不达意。"

"是的，算了，是我自己笨。我应该听你的话的。好吧，我最好从现在开始接手这件事。"

"哦，很好，因为我有一种感觉，妈妈打算要动嘴了。"

嘴？我迅速地瞥了一眼她那长长的嘴。它的末端很尖利。显然，我必须小心翼翼地选择字眼儿。

我们转身面向他的妈妈，我用一个灿烂而温暖的笑容面对……啊呀。她把翅膀交差叠在胸前，她的脑袋似乎埋进了她的肩膀里。而她的眼睛里有一场暴风雨。

我用安慰的口吻和她说话。"呃，女士，我们之间有一个小小的误会。看，他误解了我说的话，也许你想让我澄清一下事实。你觉得怎么样？"她没有说话，只是用冰冷的目光刺向我。"总之，我告诉弗瑞迪的是一个显而易见的事实：你是一只地球狗尾巴恐龙鸟。我没有对你作任何评论。我只是认为你有权利知道你是，呃，文化遗产……你看不出来吗？"

她鹰一样的目光投向弗瑞迪。"他在说什么？"

弗瑞迪看起来非常不安。"妈妈，你让他想到了一只恐龙，因为你有些怪里怪气的。"

她的眼睛又猛地望着我。"怪里怪气！"

我在脑海中搜寻着得体的措辞。"嗨，女士，我没有这么说。我只是说一只恐龙生活在当今这个时代有点儿……嗯，独一无二，与众不同。"

他妈妈的眼睛像子弹一样射向我。"怪里怪气，呃？老恐龙？"她的脑袋从翅膀中伸了出来，她的眼睛仿佛着了火。她开始放松翅膀，似乎是要……

我开始向后倒退。"嗨，女士，没有必要……我们的沟通失败了。弗瑞迪，劝劝你的妈妈！"

"啊。你只能靠自己了。"

"懦夫！听着，女士，我认为我可以解释每件事。我只想说……"

噼哩啪啦！

第九章

卓沃尔
被投进了
监狱

你们知道，她的脸上布满皱纹，看起来一副老态龙钟的样子，不过，当她飞到我身上的时候，我觉得自己好像撞上了一个飞机的螺旋桨。我的意思是，我被一双翅膀轮番抽打着！

还记得那个长长的、可笑的鸟嘴吗？当她把它变成了一个手提钻，开始在我的头顶上使用时，没有人能笑得出来。反正我是笑不出来。

嗯，我以为自己再也无法从这个老太婆的手底下逃脱出来了，不过最后，我夺路而逃，踉踉跄跄地逃出她的攻击范围。弗瑞迪一蹦一跳地跟在我身后，脸上是一副深切关心的样子。

"你还好吧？老兄，你的脑袋上面有一些包！是妈妈干的吗？"

我揉搓着一阵一阵发痛的脑袋。"你认为呢？反正不是蚊子叮的。"

"是的，她有时候会暴跳如雷。我就觉得她会这样的，妈妈对她的年龄非常敏感。"

"是吗？哦，感谢你的提醒。"

"你知道，我试过提醒你的，不过……"他向我眨了一下眼睛，"……你没有好好听。"

我把鼻子戳到了他的脸上。"你知道，伙计，起初我还很喜欢你，甚至为你长得像一个化石，而你妈妈是一个疯子而感到难过。不过，经过一番深

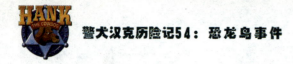

入了解之后，我改变主意了。从我的牧场上滚开，不要再回来！"

他显得很吃惊。"哦，你不需要那么气愤。我与妈妈永远也不想成为累赘。"

"你就是一个累赘。谢谢你和你的大嘴，我的脑袋上多了三十七个大包。"

他的喉咙哽住了，眼睛里泪光闪烁。"嗯，妈妈的身体一直不太好，而且我……我只是不知道应该到哪里去。"

"身体不好！她几乎把我的脑袋拧下来！"我把鼻子戳到他的脸上，向他咆哮了一声，"听着，我这里没有给恐龙住的疗养院。"

他的脸色变得很严肃。"你一直在谈论恐龙。"

"因为你们就是恐龙——一对活生生的、会喘气的、喜欢诉苦、专偷腌肉的化石。我很抱歉你们迷了路，我希望你们能找到路，回到你们所属的地方，不过，从我的牧场上滚开。你们有五分钟的时间离开。"

弗瑞迪悲伤地摇了一下脑袋，拖着脚走回到他妈妈的身边。"妈妈，他说我们必须离开。我们在这里不受欢迎。"

"那个讨厌的老东西！"她用两只翅膀捂住脸，开始哭泣起来，"噢，弗瑞迪，我只是想回家！"

他拥抱了她一下。"我知道，妈妈，我们会尽力找到回家的路。"他转身面向我，挥了挥翅膀，"嗯，谢谢你的好意，我们可能……我们可能会好起来的。"

说着，他们展开了巨大的翅膀，飞离了我的生活。

我知道你们在想什么——我是一个卑鄙的家伙，因为我把他们赶出了我的牧场。你们是不是这样想的？坦率地说吧。

好吧，我不在乎。牧场治安长官必须作出艰难的决定，有时候……嗨，看看事实吧。他们是一对丑陋的化石鸟，他们永远也无法适应现代牧场的生活，他们需要回到恐龙国度里，在其他化石之间享受他们的生活。

还有，不要忘了他们偷走了我的早餐腌肉，就从我的鼻子底下。我的意思是，这是一个很严重的罪行，我本来可以控告他们的。如果你问我，我要说他们能离开就算他们走运了。

所以，如果你们打算浪费时间担心弗瑞迪与他古怪的妈妈，尽管去担心好了，不过我还有更重要的事情要去做——管理牧场、巡逻、写报告。我是一条非常忙碌的狗，而忙碌的狗没有时间考虑无家可归的鸟类。

我回到了我的办公室。卓沃尔正在那里，不过我没有跟他打招呼。这个恐龙案已经让我筋疲力尽了，我需要打个小盹儿，于是我砰的一声倒在了我的粗麻袋床上。

卓沃尔注视着我。"事情怎么样？"

"很顺利。我命令他们离开牧场了，我警告他们永远也不要回来。没有问题，晚安。"我闭上了眼睛，想要进入梦乡之中。

"你脑袋上的那些包是怎么弄的？"

我坐了起来，冷冰冰地瞥了他一眼。"如果你一定想要知道，爱管闲事的家伙，我就告诉你，是那个老女人用她的嘴在我的脑袋上啄出来的。"

"真见鬼。我很奇怪她为什么要那样做。"

"谁知道呢？她是一个反复无常的家伙。我猜她不喜欢被人提起她是一只恐龙。"我注意到他咧嘴笑了起来，"我说了什么好笑的事情吗？"

"嗯，是的，差不多。我认为她不是一只恐龙。"

"她当然是一只恐龙。小阿尔弗雷德这么说的，那个男孩儿知道关于恐龙的每件事。"

"是的，不过当你离开以后，萨莉·梅查阅了一本鸟类的书，她找到了一个和他们很匹配的鸟。"

"她劈开了那本书？"

"不，她找到了一幅图，与那些鸟相似。"一丝微笑掠过了他的嘴角，"他们是鹈鹕。"

突然之间，几乎被遗忘的线索开始在我的脑海里清晰起来。"等一下，先暂停每件事。那些鸟迷了路，正在寻找一座灯塔，弗瑞迪甚至自称为'弗瑞迪·鹈鹕'！我原以为这只不过是一个古怪的法国名字，可事实上，它是……你明白了吗，卓沃尔？他们是鹈鹕。"

"是的，我就是这样说的。"

我只好让自己轻轻地笑起来。"嗯，难怪那个老女人在我称她为恐龙时会那么愤怒，哈哈。"突然，我想出了一个好主意，"卓沃尔，那些鸟太可笑了，我们应该为他们唱一首歌。"

他掂量着我的这个主意。"是的，这会很有趣……只是我们不知道任何关于鹈鹕的歌。"

"我们可以自创一首，你写一段，我也写一段，然后我们看看这首歌怎么样。"说着，我们扯开嗓门，开始唱一首名为《为什么鹈鹕看起来如此奇特》的歌，你们会喜欢这首歌的。

为什么鹈鹕看起来如此奇特

我不知道是谁创造了第一只鹈鹕，

这种不同寻常的鸟。

他说话的样子让你感到可笑,

他的声音就像海鸥,样子就像鸭子,

他用两条腿站立着,如同一只鹤。

他们的身体形状就像一个软木塞。

为什么鹈鹕看起来如此奇特?

我不知道是谁根据蓝图

创造出一只迷失在时光隧道中的翼龙。

他吃什么?时不时地吃条鱼。

他的下巴上携着一只篮子,

他的嘴太长了,无法露出笑容。

为什么鹈鹕看起来如此奇特?

当他的妈妈望着他的床时,

你们猜猜她在想些什么?

想象一下她看到这东西时所感到的震惊吧!

你们会想知道她在说什么。

也许她昏了过去,倒在了地板上,

也许她尖叫起来,夺门而逃。

或者也许她发出了一声笑声,如同咆哮:

　"为什么我的宝宝看起来如此奇特?"

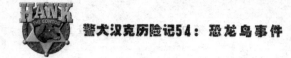

一位母亲会爱上

属于她的任何东西，

她会喂养它、拥抱它、摇晃着它进入梦乡

并给它穿上睡衣。

不过，鹈鹕的妈妈们要经受考验，

你们几乎难以想象当一只如此丑陋的东西躺在她的巢里时，

她所感受到的巨大压力。

为什么鹈鹕看起来如此奇特？

我们都是上帝的创造物，

他把我们创造得千姿百态。

他创造鹈鹕的那一天，

脸上想必一直挂着笑容。

因为这套羽毛外衣是一个玩笑，

长着十分可笑的大长嘴，

有你们的长臂那么长，却没有一颗牙齿。

一只鹈鹕看起来就像造物者的过失，

因此，他在这里或许是为了给我们带来欢笑。

相当令人震撼的歌曲，是不是？的确如此，不要忘了我们是即兴创作出来的。我们哈哈大笑，庆贺我们杰作的诞生。然后，卓沃尔说："不过，你知道吗？还有一件更滑稽的事情，他们并没有偷走你的腌肉。"

我注视着他。"什么？"

"嘻嘻，是皮特偷的。"

有片刻的时间，我说不出话来。"皮特！这是不可能的。我当时就站在那里。"

"是的，我也站在那里。当你仰头看那些鹈鹕时，我看到了整个过程。皮特冲过来，抓起你的那几片腌肉，将它们吞了下去。"

"胡说，你永远也无法让我相信……"

可怕的寂静笼罩着我们。在我脑海深处，我再现了剩饭时刻的那一幕：我站在左侧，卓沃尔站在中间，皮特站在右侧。然后，当我发现我的腌肉不见了时，卓沃尔站在右侧，我站在中间，而皮特移到了……我的左侧！

皮特偷偷地走过我身边，而我却没有发觉。

他甚至都没有咬一口他的烤饼，记得吗？

当他打嗝的时候，我闻到了腌肉的味道！

我的整个身体瘫软下来，我倒在了地上。有很长一段时间，我仰面朝天躺在那里，眼角抽搐着，眼睛眨动着。整个世界在我面前旋转着，让我头晕眼花。最后，我终于坐了起来。

"他干了这件事，他真的干了这件事，所有关于腌肉探测信号弹的事情都只是残酷的欺骗。"我深深地吸了一口新鲜空气，想要稳定一下自己的情绪。"卓沃尔，你知道这件丢脸的事情伤我最深的部分是什么吗？"

"嗯，让我想一想。你侮辱了一位善良的老太太？"

"不，比这个还要糟糕。"

"你头上的那些包？"

"甚至比这些包还要糟糕。"

他皱起了眉头，转动着眼珠儿。"嗯，让我想一想。你被一只猫打

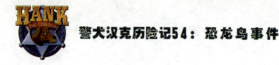
败了？"

"不。"我用颤抖的四肢站了起来，把鼻子戳到了他的脸上，叫喊着，"叛徒！你看到了整个过程，却没有告诉我！"

"哦，我试过了，但是你不听。"

"我们的治安部门遭到了致命的羞辱，这全都是你的错！"我的叫喊声在远处回荡着。我一屁股坐到了地上。"卓沃尔，我们完了，更糟糕、更黑暗、更丑陋的部分是……这不是你的错。"

他张大嘴盯着我。"我还以为你刚刚在说……"

"卓沃尔，我是对自己说的。我落入了皮特的每一个诡计当中。有时候我认为自己并不怎么聪明。"

一个傻笑掠过他的嘴角。"天啊，我很高兴听你这样说。"

"高兴？这撕裂了我的心！"

"是的，不过我从来也没有勇气告诉你这一点。"

又是一阵长时间的沉默。我的眼睛牢牢地盯在他的身上，突然之间我感觉到一股全新的能量涌进我的身体里。我高高地站了起来，居高临下地看着这个正在诽谤我的小可怜虫。"你刚刚说你的司令长官不像他认为的那样聪明？"

他的笑容消失了。"哦，这是你说的。"

"士兵，你要被送进监狱了。走！"

这个小叛徒羞愧地垂着脑袋，慢吞吞地走到了油罐平台西北角的铁支架那里，把他的鼻子抵在了角落里。"我只是想要坦率一些。"

"那么，就让这件事成为你的教训。有时候应该坦率，有时候则需要闭嘴。"

"我要在监狱里待多久？"

"几个星期。几个月。你再也看不到白昼的日光了。"

"哦，见鬼。"片刻的沉默之后，他说，"等一下！我想我找到答案了！"

第十章

我们找到
了生活的
答案

当我听到卓沃尔的话时，我正要去捉我右耳上的跳蚤，我的腿僵在了空中。"答案？什么问题的答案？"

"我们问题的答案。每件事的答案。生活的答案。"

"你得出了生活的答案？"

我站了起来，走到他的牢房前。"这是某种玩笑吗？"

"不，我刚刚想到的，"他神神秘秘地看了我一眼，轻声说，"让我们去追那只猫！"

我的第一个反应就是放声大笑。"哈哈，追那只猫？这就是生活的答案？"不过很快……唔……我发现自己开始在卓沃尔的黑暗牢房前踱起步来。"你知道，这或许不像你想的那样疯狂。事实上……卓沃尔，这片混乱的始作俑者正是那只猫。他把我当猴耍了，而我则把你送进了监狱，他让我们彼此对立，狗咬狗！"

我停下了脚步，转过身来。"你弄明白了吗？这可能就是生活的答案！任何时候，当我们悲伤时，当我们感觉到沮丧时，我们都可以追那只猫，把他撵上树！卓沃尔，这有可能治愈一切伤害，我为什么没能早点儿想到呢？"

"我不知道，不过我可以从监狱里面出来了吗？"

我思考了一会儿。"你从这件事当中得到教训了吗？"

"哦，是的，我现在已经记不住了，不过它是一个很好的教训。"

"这还差不多。"我把钥匙插进牢门的锁孔，把门打开。"卓沃尔，你现在是一条自由的狗了，让我们去追那只猫吧！"

这个小矮子冲到了阳光下面，开始在地上打起滚儿来。"噢，自由了！"

"过来，孩子，我们去庭院！"

我们跑进了清晨的微风中，一路上保持紧密的队型向房子飞过去。在距离房子十码远的地方，我们完美地着陆，滑行着停了下来。我从驾驶舱里走出来，转身面向卓沃尔。

"好了，士兵，我们准备好去追一只猫了吗？"

卓沃尔活蹦乱跳，向空中挥着拳。"当然，让我向他冲过去！"

"就要这种精神。排好队形跟着我，我们要开始进攻了！"

我已经为这次任务拟定了一个计划，你们想要看一眼吗？我认为把它向普通的民众公布一下，并没有什么害处。

我的计划非常简单，直截了当。既然那个敌人饱食终日的生活大部分都是在庭院中度过的，我们就必须突破城市的围墙。这很困难，但并非不可能完成的任务。我们的部队会向上跳起，用我们的前爪勾住堡垒墙壁的边缘，把我们的身体拉上去，翻过墙头，然后跑过一片空旷的院子，向那丛鸢尾花冲去。

当我们控制住这片区域以后，我们会入驻这里……嘿嘿……并把那个小讨厌鬼赶得远远的，一周都回不来。治安部门会重拾先前的辉煌，我们将经历一场欢乐十足的……

呃？

我在远处看到的景象让我停下了脚步。"部队停止前进！"

卓沃尔没有注意到我的命令（他总是这样），一头撞到了我的身上。"糟糕，抱歉。发生了什么事？"

"我们必须取消任务，看。"我伸出一只爪子，指向房子那里。皮特正坐在门廊上——对着我们傻笑，咕噜咕噜地叫着，在萨莉·梅的身上蹭来蹭去，而萨莉·梅也坐在门廊上……正在削胡萝卜皮。

哦，看看这个，当他看到我们时，小猫咪笔直地坐了起来，挥了挥一只爪子。

我与卓沃尔转过身，挤在一起开了个碰头会。卓沃尔率先开口了。"天啊，我们现在该怎么办？"

"我们不能冒险派部队翻过墙头，萨莉·梅坐在那里，这会是一种自杀行为。"

"糟糕，我们不能那样做。"

"没错，她配备着一个胡萝卜削皮器，她的扫帚肯定也离得不远。"我的大脑在快速地思索着。"好吧，我们有一个后备计划。"我还没来得及把这个计划详细地说出来，卓沃尔已经开始向后退了。"你在干什么？"

"我认为你说要后退。"

"不，我是说……"

嗖！这一切发生得太快了，我只看到一团小小的烟雾和一颗白色的彗星一溜烟似地向着器械棚飞快地跑过去了，然后我听到远处传来了微弱的声音："天啊，这条老腿真的开始疼起来了，哦，我的腿！"然后，他消失不见了。

哦，算了，反正我也不需要他的帮忙，因为接下来的这个计划需要的是微妙的外交手段。看，在一面休战旗下，我可以试着引诱那只猫走出庭院，离开萨莉·梅，到时候……嗯，你们可以猜一猜。

正如我一直所说的，当武力失败时，就试试魅力。如果魅力起作用了，你可以随时回到武力中，嘿嘿。

我举着休战旗，向着庭院大门走过去。"皮特？我们需要谈谈。"

他的眼睛眨了眨。"哦，真的？真有趣！"他从门廊上跳下来，沿着人行道向我跑过来。"我喜欢跟你谈话，汉基。你要谈什么？"

他在那里，距离我只有两英尺之遥，我们中间只隔着一道铁丝栅栏。我还没有意识到，我的耳朵已竖了起来，我的嘴里开始酝酿着一声咆哮。趁着我凶猛的本性还没有暴露出来，我不得不把它们逐一关闭。

我向他露出一个愉快的微笑。"嗨，皮特，再次见到你真是太好了，我没开玩笑。"

"哦，真的吗？不知为何，我发现这很难令人相信，汉基。"他向我探过身来，轻声说，"恐龙怎么样了？呵呵。"

天啊，这就是你们所说的"铁的纪律"。我巨大身体里面的每一个细胞都在呼吁我把这个小讨厌鬼揍扁，不过，无论如何，我把一切都控制住了。"喂，皮特，这是一个了不起的恶作剧。鹈鹕，我信以为真了，哈哈。我的意思是，我真的认为他们是恐龙鸟。"

"我知道你信以为真了。我只是无法相信这一点。"他发出了一阵窃笑，用他的爪子捂着嘴轻声说，"你搞清楚你的腌肉是怎么回事了吗？"

我僵住了。我应该回答这个问题吗？是的，我必须回答。"哈哈，我搞清楚了，皮特，我不得不称赞你，这是你开过的最棒的玩笑。"

他发出了一阵大笑声。"就在你的鼻子底下！"

一说到我的鼻子，我的鼻子立刻就自动地瞄准了那只猫，如同一只枪管，我费了很大的劲儿才把它从那个目标身上，呃，移开。"天啊，我是一个多么愚蠢的家伙啊！哈哈，漂亮的恶作剧，皮特，你得到了一等奖。你知道吗，皮特？"我天真的眼睛向头顶的云望去，"我罪有应得，我自作自受。"

他用浮肿的眼睛看着我。"哦，真的？"

"我没开玩笑，我是很真诚的。事实上……嗨，皮特，我有一个好主意，我们为什么不出去散个步呢？你知道，散散步，对从前的日子笑一笑，呃？只有我们两个，你认为怎么样？"

他尾巴的末端开始抽动。"你不记仇吗？"

"记仇？我？"我几乎噎住，因为我试图阻止一声咆哮从我的喉咙里发出来。"一点儿都不。不，我认为重要的事情是我们，呃，能从各种各样的生活经历中挖掘出幽默感来，并且……嗯，共同分享它们。"

糟糕，我的嘴唇再次开始抽动了。这很折磨人，不过我的计划似乎起作用了。

小猫咪用他奇异的黄眼睛注视着我。"你知道，汉基，我很震惊。你似乎完全变了一个人。"

"是的，你知道吗，皮特？现在是改变的时候了。我的意思是，一个人不能把他整个一生都用在愤怒与怀恨上面，你明白我的意思了吗？我输了，你赢了，这一切已成为历史了。嗨，让我们出去悠闲地散散步，一起笑一笑。你认为怎么样？"

"好吧，汉基，这看起来似乎是崭新一天的黎明。"

"是的，没错，你这么说太贴切了。"

"不过，汉基，我有一个顾虑。我可以相信你吗？"

"噢，当然，完全可以。嗨，这就是朋友应该做的事情。"

他向栅栏靠得更近些，这样我的耳朵距离他骗人的小……呃，距离他的嘴，让我们更正一下，只有几英寸远。他轻声说："汉基，这里头有'猫腻'。"

"一只猫？你是说，一只咬东西的猫？"

"不，不，更像是一只长着犬牙的猫。"

"一只长着犬牙的猫？这真奇怪，'长着犬牙'意味着'狗'，是不是？"

"哦哦，看看这个。"

就在我的眼前，他深吸了一大口空气，弓起了后背，大大地张开了嘴，冲着我的脸嘘了一声！我应该怎么办？坐在那里，当一只令人愉快的狗狗先生？做梦！我一直蓄势待发，所以，自然而然地，我……嗯，吠叫了起来，我们在这里所说的是深沉的、阳刚的吠叫。

糟了。

我目瞪口呆地看着这个奸诈的小讨厌鬼开始一瘸一拐地绕着圈子走起来，他拖着一条腿，发出令人同情的呻吟声，"他咬了我，我受伤了！萨莉·梅，救命！"

啊噢，萨莉·梅像一只火箭一样从门廊上冲过来，胡萝卜皮向四面八方飞散。"汉克，离那只猫远点儿，你这个霸道的家伙！"

呃？我？

我向她投去圣徒般的目光，开始缓慢地摇动着我的尾巴。

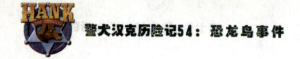

离那只猫远点儿？我根本就没碰这个阴险的家伙一根手指头！这一切全都是演戏，一个卑鄙的小把戏，只是为了引诱我陷入……哦，老兄，她过来了，怒气冲冲地向我这边走过来了。

有片刻的时间，我打算站在我的立场上，使用我所有的说服技巧：真诚地摇尾巴，悲哀地垂下耳朵，露出懊悔的表情，为我的这个案子与萨莉·梅进行分辩。不过，她的举止当中有些东西让我意识到，事态已经失去了控制，也许是从她耳朵中不断冒出来的热气让我看出来了这一点。

总之，一个想法像闪电一样掠过我的脑海，在这次危机事件当中，唯一不丢脸的解决方法就是……嗯，逃跑。

我抛弃了阵地，逃走了，不过还是设法从肩膀上回头开了最后一枪。"皮特，你会为此付出代价的！"

至于他如何以及什么时候会付出代价，在目前这个令人绝望的时刻尚不清楚，不过至少，我开了最后一枪。从一个更宏伟计划的角度来看，你们甚至可以说我设法取得了一个精神上的胜利，从一堆碎石的……呸。

事实证明，对治安部来说，这是一个非常糟糕的日子。

第十一章

双重麻烦

我逃走了，脑子里没有特别的目的地。只是想要躲开萨莉·梅和她那只坏透了的小猫。哦，还有卓沃尔。只要一想到要与这个懒鬼待在一起，我就仿佛被萨莉·梅的扫帚抽打了一样，心中厌恶不已。

我的意思是，面对这一点吧卓沃尔敢于在战场上作出一个十分聪明的决定（他总是在事情变得失控之前就逃走了），并且……嗯，我在精神上还没有准备好接受这一点，也许以后会的，不过不是现在。

我竭尽全力向南方逃去，直到跑到沿溪生长的矮树丛前才放慢脚步。在那里，灌木丛环绕着我，就像一道黑暗的帘幕。我停下脚步，喘了口气……我最好在这里坦率一些……我噘起嘴来，开始为自己感到难过。

为什么不呢？我不值得同情吗？我当然值得。我不仅值得同情，并且接下来也没有其他什么事可做……到底需要多长的时间，萨莉·梅最近一次火山爆发般的怒气才能消失呢？

天啊，激起她的敌对行为真的不需要费太多的事。真正令我感到心碎的是，我曾经那么努力地取悦她，哦，算了。

我自怨自艾，为自己感到难过，就在这时，我的思绪被打断了，被……那是什么？一个声音？是的，除非我的耳朵欺骗了我，我听到了从一排灌木丛的另一侧，可能是溪边，传来了一个声音。

那个声音是这样说的："哦，妈妈，试着平静下来。我去跟他们谈谈，我们会把每件事都澄清的。"

然后，另一个声音说："弗瑞迪，你不能与一只狼交流！"

你们知道，这些声音听起来很耳熟，你们注意到他们所使用的名字了吗？妈妈与弗瑞迪？我是否遇到过两只名叫……

等一下，先暂停每件事！你们可能忽略了一些线索，但是我没有。又是那些鸟，那些鹈鹕！我曾经给他们下达过严格的命令，命令他们离开我的牧场，但是他们居然还在这里徘徊着。他们打算感受一下治安部门的愤怒吗？说实话，我可以从那只猫那里承担后果，不过，我不必听从长着两条瘦腿的鹈鹕的胡言乱语。

我从灌木墙壁中开劈出一条路来，冲进了那片空旷地带，他们在那里，那两只呆头呆脑的鸟正站在小溪中央。

我用响亮的声音宣告了我的出场。"警犬汉克，特别重案组，你们全都被捕了！待在原地，谁都不许动！"

嘿嘿，这让他们吓了一跳，当我用那种声音宣告我的出场时，总是会引起他们的注意。跟你们说实话吧，突然闯进某些人的派对当中，是一件非常好玩的事情。相信我，那些鸟惊慌失措。

片刻死一般的寂静之后，那位妈妈开口了："又是那只狗。"

弗瑞迪吞咽下了喉咙处的肿块。"妈妈，安静些，让我来说。"

我大踏步地走到水边。"弗瑞迪，我认为我说过让你们离开这里。"

"是的，先生，我们试过了。不过你知道，我认为我们只是兜了一个大圈子，妈妈累了，嗯，于是我们又来到这里了。我们希望你没有注意到。"

"你可真笨。钓鱼？你们是在这里钓鱼吗？没有执照，没有许可？这叫

非法入侵。你们惹上大麻烦了。"

"是的，嗯，我们还有另一个麻烦。"

我注意到弗瑞迪向着我挤眉弄眼，不停地朝着南侧使眼色，他的一只翅膀尖似乎也指向同一个方向。我让自己的目光瞟向南侧，看到……啊噢。

好吧，还记得他妈妈说的那句关于"一只狼"的话吗？我当时没有过多留意，突然之间，我真希望自己当时能留意一些，因为……你们永远也猜不到我在小溪对岸看到了谁。

这里有几个提示：大家伙，邋里邋遢，巨大的尖牙，还有闪闪发亮的黄眼睛。

我的天啊，那是瑞普与斯诺特，那对郊狼兄弟！他们站在小溪的对岸，正要演唱一首歌。我没有开玩笑，你们或许还记得他们有着可怕的嗓音，不过却热爱唱歌。你们想要听一听他们的歌吗？好吧，作好准备。

野兽的无聊歌曲

我猜你们认为我们不是优秀的歌唱家，

你们或许甚至认为我们押不上韵脚。

嗯，也许的确如此，但我们真的不在乎，

我们唱我们想唱的歌，打败我们的批评家。

现在，你们知道野兽的音乐了，

你们最好闭上嘴，仔细聆听。

因为你们当中的一些人认为我们是些粗鲁的家伙，

不过说到底……你们是对的，我们很粗鲁。

无聊的歌曲，无聊的歌曲，野兽的无聊歌曲，

如果你们不喜欢它，我们会给你们一顿痛殴。

我们的气味很可怕，它会引起皮疹，

我们骄傲地宣布，我们是野兽垃圾。

女人们全都爱我们，认为我们很酷，

我们在野兽学校学会了我们的举止。

她们喜爱我们的气味，还有深沉的男人味，

臭鼬的味道是我们发动机里的汽油。

我打赌这首歌会让你们睁开眼睛，

因为现在你们知道了我们是最冷酷的家伙。

所以，调整你们的扁桃腺加入到我们中间，

高声歌唱，就像初中的男孩儿。

无聊的歌曲，无聊的歌曲，野兽的无聊歌曲，

如果你们不喜欢它，我们会给你们一顿痛殴。

我们的气味很可怕，它会引起皮疹，

我们骄傲地宣布，非常自豪地宣布，

我们骄傲地宣布，我们是野兽垃圾。

嗯，你们能说什么？瑞普与斯诺特总是唱一些无聊的歌曲，这首歌充分地证明了这一点。不过，令我担心的是，当他们唱完歌以后，他们转身面对那两只鹈鹕，开始舔着自己的嘴唇。

我压低声音，急忙对弗瑞迪小声说："嗨，弗瑞迪，你们遇到一个大麻烦——事实上，是两个。"

他点了点头。"是的，当你从灌木丛中跳出来时，我正打算跟他们谈谈。"他向我探过身来，压低了声音，"他们看起来有点儿饥饿，是不是？"

"他们总是饥肠辘辘的……并且非常危险。我相当了解他们。"

"你认为他们不会吃鹈鹕吧？"

"我想我知道答案，不过让我核实一下。"我转身面向那对兄弟，勉强挤出一个愉快的微笑来。"嗨，瑞普，斯诺特！最近过得怎么样，伙计们？"

斯诺特不高兴地看了我一眼。"伙计们很饿。"

"是的，嗯，在每一天结束的时候，我们都要为我们的肠胃做点儿事，是不是？哈哈。"他们没有笑出声来，甚至都没有露出笑容。"喂，今天的天气很不错，不是吗？"没有反应。"嗨，家里人怎么样？孩子们都长大了吧，我猜。"死一样的的沉默。"你知道，跟不说话的人交谈，真的是一件很困难的事。"

"瑞普与斯诺特不喜欢交谈，准备吃两只大鹅了。"他指了指弗瑞迪与他的妈妈。

"斯诺特，他们不是大鹅，他们是来自墨西哥湾的鹈鹕，他们只是来进行一次短暂的拜访。我给了他们许可，允许他们在我的小溪里游泳，你们看不到吗？嗯，他们就到这里来了。换句话说，这是我们来自城里的客人。我确信你们会同意我的这个观点：我们不应该吃掉我们的客人。"

那对兄弟发出了放肆的狂笑声。

我对弗瑞迪说："你们得离开这里。"

他抬起下巴，摇了摇头。"嗯，我听到你们的对话了。不过，妈妈筋疲力尽了，她的肩膀有关节炎。"

我向他凑过去。"嗨，弗瑞迪，如果那些郊狼打算吃你们——他们会这样做的，你妈妈就不需要担心她的肩膀了，因为除了一堆羽毛，她什么也不会剩下。你们需要离开，迅速离开。"

"嗯，让我看看她怎么说。"他转身面向他妈妈，"妈妈，汉克认为我们得离开这里。"

她用愤怒的眼光瞪了我一眼。"是那个叫我老化石的家伙吗？你告诉他把脑袋塞进油桶里去！我累了，我不走。"

弗瑞迪面对着我。"她现在有点儿烦躁，也许你可以同她谈谈。"

"我？嗨，老兄，我们曾经谈过一次，我的脑袋上面现在还有包呢，记得吗？"

他踮起脚趾，上下摇晃着。"她做事很固执，好吧。"

看起来没有希望了。这些鸟并不比一只鸡知道更多的常识……我为什么想要帮助他们？我想不出任何原因，一个也没有。千头万绪在我的脑海里纠结，就在这时……

"等一下，我想到了一个主意。鸬鹚会捕鱼，是不是？"

"哦，是的，我们是优秀的渔夫。"一丝梦幻般的笑容掠过他的鸟嘴，"我告诉过你曾经有一次我捞到了梭鱼吗？它真是一个小淘气鬼，天啊，好

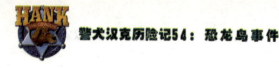

大的一条！"

"弗瑞迪，嘘，集中注意力，抓一条鱼，马上。"

"马上？嗯，我想我可以试一下。让我看看我能找到什么。"

他低头看着溪水，走了几步，把他的嘴伸到了水里。当他的嘴再次露出水面时……我的天啊，他嘴的下半部分变成了某种篮子，有什么东西正在里面扑腾着。

弗瑞迪骄傲地看着我，用塞得满满的嘴说："我抓到了一条！"

"很好，抓住别放。"我转身面向那对郊狼兄弟，"嗨，伙计们，我有一些很棒的消息，你们觉得鲜鱼怎么样？"

那对兄弟交换了一个困惑的眼神。"对'咸雨'没有感觉，不喜欢'咸雨'。"

"事实上，斯诺特，鱼对你们很有益处，它的脂肪含量很低，其他一些对你们有益的成分含量很高：维生素、矿物质、原生质、外质——所有这些好东西。"

"哈，郊狼不喜欢卫生素与矿不质，郊狼只喜欢肉！"

我转身对弗瑞迪说："把鱼扔到岸上，我们看看他们会怎么做。"

弗瑞迪点了点头，猛地甩了一下嘴，把一条又大又新鲜的鲶鱼扔到了那对兄弟的面前。那条鱼在他们的脚前扑腾着。斯诺特向鱼走近一步，闻了闻。

"呃，'咸雨'闻起来很臭。"

我只好快速地转动着脑筋。"嗯，它当然很臭，这就是它会成为完美的郊狼食物的原因。你们这些家伙都很臭，是不是？"

那对兄弟相视着咧嘴笑起来。"哈，兄弟俩的臭味很好，也为之感到骄傲！"

"嗯，说得没错，你们会喜欢鱼的，试一下。"

斯诺特低声地嘟囔着什么，然后把鼻子向那条鱼伸去。他舔了舔嘴唇，张开大嘴，然后……啪！那条鱼用尾巴抽打在他的嘴唇上。

斯诺特凶狠地瞪了我一眼。"愚蠢的'咸雨'打了斯诺特的脸！"

"嗯，它是鱼，你期望它干什么？排除困难前进，一口吞下它。"

斯诺特低头瞪着那条鱼。"笨蛋别想从斯诺特嘴边逃走，嘀嘀。"他把嘴再次大大地张开，一下子铲起了鱼，然后把嘴闭上。他咧嘴笑着，开始咀嚼起来。突然之间，他的眼睛瞪得圆圆的，他停止了咀嚼，把鱼吐在了堤岸上。"'咸雨'刺痛了斯诺特的嘴！"

糟糕，我忘记了鲶鱼在后背与身体两侧长着尖锐的鳍，当它们刺人的时候，的确很痛。

嗯，斯诺特现在发了狂，他砰砰地拍打着自己的胸膛，咆哮着："瑞普与斯诺特不要在愚蠢的'咸雨'身上浪费时间！准备吃大鹅了，哦，乖乖！"

我转身面对着弗瑞迪。"我没办法了，老兄，我黔驴技穷了。当他们开始说'哦，乖乖'时，这就意味着他们准备用餐了。你们必须离开了，快飞到那边的树上去。"

弗瑞迪的脸上露出了一副悲哀的表情。"妈妈讨厌树。它们会弄伤她的脚。"

我冲到了溪水里，朝着他的脸大叫起来。"你还在考虑她的脚？傻瓜！那些家伙们是野兽，他们打算吃掉你们！快离开这里，快飞走！"

他畏缩着后退了一步。"嗯，让我跟妈妈谈谈。"

在南岸，瑞普与斯诺特正在进行他们通常的热身运动——拍打着他们的胸腔，咆哮着，用爪子刨着土，用脑袋撞着树，这让一股寒意漫过我的脊背，不过你们猜一猜那个鹈鹕白痴会不会表现出一丝一毫的担忧？

根本没有，完全没有。我目瞪口呆地看着他们站在溪流中央——善良、耐心的弗瑞迪正试着有条不紊地跟他妈妈交谈。他妈妈像一座塑像一样站立着，翅膀交叉叠在胸前。她正在听，但什么也没有听进去。

时间在流逝。哦，算了，我已经尽力了。有时候我们能拯救那些无助的人，但有时候他们却成为野兽的快餐，这是我无能为力的事情。

正如我所担心的那样，瑞普与斯诺特结束了他们的热身运动，把他们可怕的黄眼睛转向那对鸟，他们用长长的、红色的舌头舔着嘴唇，然后……

他们走过来了，在浅浅的溪流中趟过，就像两匹赛马，让水花向四面八方溅射。那两只无助的鹈鹕站在北岸，我只能眼睁睁地看着大屠杀在我面前展开。我有一种感觉，这将会是一场短暂的残杀。

斯诺特第一个抵达北岸。他的嘴张得大大的，锋利的牙齿在午后的阳光之下闪闪发光。我蜷缩着身子，等待着听到……我甚至想都不愿意想。

啪！

呃？还记得鹈鹕妈妈"筋疲力尽了"，她的肩膀有关节炎吗？嗯，她恢复过来了。像闪电一样，她张开翅膀，狠狠地打在斯诺特的鼻子上，几乎让他一头栽倒在溪流中。然后，她尖叫着："你这只肮脏的老东西，别用牙齿冲着我！"

弗瑞迪拍了拍她的肩膀。"哦，妈妈，请小心一些。他们的举止不太正常。"

哎呀，斯诺特的眼睛里仿佛着了火，我们这里所说的可不是小小的火

苗。那些火焰仿佛在说："这只鹅死定了！"

当鹈鹕妈妈看到那个邪恶的眼神时，她倒吸了一口凉气，紧紧地抓住了她的儿子。"弗瑞迪，做些什么！"

弗瑞迪的眼睛里一片空白，他僵住了。

第十二章

正义又
取得了胜利！

嗯，一条狗应该怎么做？坐在那里，袖手旁观，眼看着一对呆头呆脑的游客被当地的野兽袭击？我不想卷进去，不过，我别无选择。

我深吸了一口气，冲进了溪流当中，我在溪水中横冲直撞，瞄准了一个尾羽。喀嚓！羽毛飞了起来，鹈鹕妈妈也飞了起来。

弗瑞迪的嘴巴张大了。"你咬了我妈妈！"

"接下来是你，除非你离开这里！飞走，飞走，飞走！"

谢天谢地，他终于明白过来了，展翅飞向了天空。就在这时，我转过脸来，看到……咽了一下唾沫……两只气极败坏的恶魔。我的意思是，我多多少少破坏了他们的用餐计划，他们看起来真的发火了。显而易见，考验我外交技巧的时刻到了。

我努力在脸上装出友善的笑容。"伙计们，我知道你们在想什么，不过，如果你给我一点儿时间，我想我可以解释每件事，我没开玩笑。"他们继续向我走过来，他们的眼神中透露着邪恶的光芒。我开始向北岸退过去。"斯诺特，提醒你一下，这些鸟是鹈鹕，不是鹅。这是常识，鹈鹕的肉，嗯，很粗糙，纤维很多，非常粗糙。你们一定会失望的，我说的是真的。"

他们继续走过来，你们知道，当郊狼们停止谈话时，这通常是一个不好的信号。好吧，个人魅力无法让我脱离这个困境，我只能依靠我自己惊人的速度与敏捷了。

在眨眼之间，我转过身来，朝着北岸，将节流阀直接推到了涡轮七挡。火箭引擎的咆哮声在空中回荡，身边的一切飕飕地、模模糊糊地从我眼前掠过，巨大的树木倒伏在地上，灰尘在我身后飞扬，蚂蚁们尖叫着躲进他们的洞穴里，蝴蝶拍打着翅膀纷纷从我面前的路上……

梆！

呃？我躺在小溪北岸的沙地上，我仰起头来，看到面前居高临下俯视我的东西仿佛是一棵大树，只是他长着毛与尖利的牙齿，看起来非常像一条愤怒的郊狼。

"斯诺特？嗨，你一秒钟之前不是还站在小溪当中吗？你怎么能……"

他发出的狂笑声让一股寒意漫过我的脊背。"汉克比一只乌龟还慢，比一只大鹅还蠢。现在瑞普与斯诺特要用汉克当晚餐了，嘀嘀！"

"嗨，现在吃晚餐还太早，斯诺克，我们可以谈谈吗？不要忘了狗与郊狼是远亲。斯诺特？"

想象一下你自己站在舞台上，望着巨大的观众席上无处不在的尖牙吧。这就是当斯诺特张开大嘴时，我所看到的景象。

嗯，我度过了相当不错的一生——有胜利，有失败，还有介于胜败之间的笑声，我并没有准备好去回顾我的一生，不过显然……我倒抽了一口凉气……我已经走到了生命的尽头。

但是，突然之间……你们不会相信的……就在最后一秒钟，有些奇怪的事情发生了。一个无法辨别的物体自天而降，砸在斯诺特的脑袋上，发出了巨大的啪啪声。

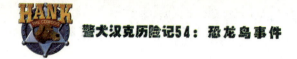

他闭上了嘴，揉着脑袋，转身面向他的兄弟。"哼，有什么东西砸到了斯诺特的脑袋上。"瑞普点了点头，注视着正在溪岸上扑腾的奇怪物体。斯诺特仔细地看了一眼，嘟囔着："哼！'咸雨'从天上落下来？"

瑞普认为这相当有趣，开始大笑起来……直到他听到头顶传来了一个古怪的呼啸声。他抬起眼睛……及时地用他的鼻子接住了一个两磅重的河鲈。啪哒！

就在这时，那对兄弟俩笑不出来了，他们的眼睛睁得大大的，他们开始向四面八方巡视着。瑞普揉着鼻子，斯诺特嘟囔着："呃！'咸雨'从天而降！"

瑞普点了点头，说："呃！"

斯诺特猛烈地摇着头，咆哮着："斯诺特不相信'咸雨'从天而降！一定是什么诡计！" 啪哒！一条三磅重的鲶鱼飞快地从天上落下来，重重地砸在他身上，砸得他跪了下来。他用颤抖的四肢站了起来，嘟囔着："呃，也许斯诺特相信天上会落'咸雨'。"

啪哒！又一个五磅重的鲤鱼，它正好落在兄弟俩中间。斯诺特盯着那条鲤鱼。"哼，'咸雨'大得足以让兄弟俩遭到重创。"瑞普点了点头，开始向后退去。斯诺特也开始向后退。啪哒！天上又落下来一条大鲤鱼，只差几英寸就砸到斯诺特。

就是这样。斯诺特不知道发生了什么事，不过他不想再经历这些了。像闪电一样，两只郊狼消失了，沿着溪边的灌木丛窸窸窣窣地跑远了。

哦！这真有意思，那些鱼从天上掉下来，它们掉下来的时机对我来说恰到好处。我的意思是，再迟一分钟，我就会成为烂肉一团了。

不过天空怎么会掉下鱼来呢？这是我整个职业生涯中所见过的最奇怪的

事情，当我正在绞尽脑汁想解开谜底时，我听到身后传来了扑通一声。我转过身，看到……

你们可能认为这是另一条鱼，是不是？嗯，你们猜错了，我看到的不是另一条鱼，而是一个脸上挂着傻笑的大鸟，弗瑞迪。立刻，谜底拼图的各个部分依次呈现了。

我用难以置信的眼光注视着他。"是你干的？"

"是的，妈妈和我，这是她的主意，不过大部分的力是我出的。"他吃吃地笑起来，向我眨了一下眼睛，"在家乡那里，他们叫我布朗斯维尔轰炸员。"

"是的，我能看出原因来了。你相当擅长。"

这让他自豪起来。"谢谢，不过，直到一位胖女士在唱歌的时候被一条鱼砸中，事情才告一段落。"

"真令人吃惊！嗯，弗瑞迪，除了感谢你……我几乎不知道说什么好了，你的确用那一招救了我一命。"

"嗯，你也救了我们。"他的脸变得严肃起来，"不过，汉克，我有一些坏消息要告诉你，你站稳了。"他走得离我更近些，把一只翅膀搭在我的肩膀上。"我们就要离开了。"

我的心脏由于喜悦而跳动。"弗瑞迪，这真是……这真是让人难过的消息！你们不能再多待一两个月吗？"

他摇了摇头，用一只翅膀指了指天空，他的妈妈正在那里展翅盘旋着。"不，妈妈下定了决心，她要回家。"

"你认为你们能找到回家的路吗？"

他神情严肃地点了一下头。"我认为我已经搞清楚了。墨西哥湾在南

面，所以，如果我们向南飞，我们就会找到它。"

"弗瑞迪，你很有才华。"我握着他的手……翅膀，"嗯，我希望你们旅途平安。向所有的水母问好。"

他咧嘴笑起来，用翅膀挡住嘴轻声说："喂，我告诉过你我曾经用嘴铲起一条大水母吗？嘿，那东西身上有刺，你不知道吗，而且……"

在头顶上方，弗瑞迪的妈妈叫喊着："弗瑞迪，快走，我们正在浪费时间！"

他耸了耸肩。"我想我最好走了。"

"弗瑞迪，我想让你帮我两个小忙。第一，告诉你妈妈，我很抱歉叫她老化石。"

他点了点头。"这很好，她会很高兴听到这个的。"他回过头去，向肩膀左右各瞥了一眼，轻声说："不过，你知道，她看起来的确有点儿像，是不是？"我们一起笑起来。"第二个忙是什么？"

"第二件事是……在你们飞向南方之前，我会很感激你们……"我轻声说出了我的要求。

你们可能很想知道我说了什么，不过，我不打算告诉你们。所以，你们就不得不继续读下去了。

嗯，我们彼此互道再见，弗瑞迪飞向了天空。我返回到牧场总部，径直向庭院篱笆走过去。猜一猜谁仍然坐在门廊上，咕噜咕噜地叫着，用诡异的眼睛看着身边的世界？尊贵的猫咪先生。

当他看到我站在大门口时，他的脸上露出了愉快的表情。"哦，天啊，这不是汉基吗？是什么风把你吹回到了你最近一次丢脸的现场？"他窃窃地笑了起来。

"皮特，你不会相信的，不过我是来讲和的。"

"你说得对，汉基。我不相信。我以前曾经听到过这种话。"

"我知道，不过这一次与以往不同，我们之间所有的憎恶……皮特，都是不对的，想一想这么多年以来我们所浪费的那些无谓的纷争与战斗。"

"我知道，汉基，不过这一切如此有趣。"

"对你来说有趣，对我来说却不是这样。我已经受够了。让我们谈谈和平条款吧。"

他慢条斯理地沿着走道走过来，走到一半的时候，他停下脚步，转身向房子那边瞥了一眼，就在这时我注意到……糟糕……萨莉·梅的脸出现在厨房的窗前，不要忘记她有专门探测不规矩想法的雷达，她的天线正笔直地瞄准着我。

萨莉·梅隐约的身影似乎让小猫咪鼓起了一股勇气，他继续向大门口走过来。他把尾巴盘绕在自己的身上，坐下来，露出了疯狂的笑容。

"汉基，我们是战斗还是讲和都不重要——你总是输。这是一个再自然不过的事实，每一次都是这样。"

"我情愿冒险试一下，皮特，因为，嗯，我相信奇迹。"

"真的！真有趣。"他舔着自己的爪子，"我不相信。"

"好吧，如果一条鱼从天上掉下来，你认为怎样？这算是一个奇迹吗？"

啪哒！一条鲈鱼掉在他身边的地上。小猫咪的动作就像踩到了捕鼠夹一样，直挺挺地向半空中跳起来两英尺高。这是一个欢乐的场面，不过我一直板着脸。

皮特盯着那条鱼看了一会儿，然后瞪着我。他头脑中的车轮已经开始转

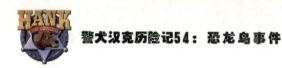

动了。"你想干什么，汉基？"

"这是不是奇迹？"

"千载难逢。"

啪哒！

这一次弗瑞迪瞄准了皮特，你们永远也看不到跳得比他还高的猫。我们在这里所说的高度大约有五英尺，就像把一根小弹簧压到极限之后，猛然松开手。哦，他发出了令我心情舒畅的尖叫声："喵—噢！"

"你现在怎么说，皮特？你相信奇迹吗？"

在他的一生中第一次，小猫咪无话可说。这摧毁了他小小的头脑。他不知道发生了什么事。他没有逗留在原地讨论这件事，而是像闪电一样逃走了。

我喜欢这个，绝对喜欢，不过，就在这时……啊噢……几秒钟之后，后门打开了，萨莉·梅走了出来，上下摆动着两只手。当她生气的时候，她总是这样做。

"好吧，汉克，我已经受够了……"

啪哒！又一条鱼掉在草地上，萨莉·梅的脚步一下子停住了……她看看那条鱼，看看我，又仰头看看天空……然后跑回到了房子里！

嗬！这简直是太棒了，甚至比我胆敢希望的还要棒。我们轰炸了那只猫，还……啪哒！

呃？我的天啊，弗瑞迪正在轰炸我！

"嗨，弗瑞迪，你可以取消这个……"啪哒！

嗯，布朗斯维尔轰炸员似乎玩得很开心。他轰炸了两只郊狼、一只猫、一位农场主的妻子，甚至还有牧场治安长官。在接下来的五分钟里，牧场上

没有一个人是安全的了。

要让一只鹈鹕动起来需要花些时间。不过，一旦他们开始行动了，让他们停下来就更难了。

哦，算了，重要的事情是，我已经解决了我整个职业生涯中最莫名其妙的一个案子，从一个可怕的命运当中解救了两只笨鸟。更令人感到高兴的是，我设法让他们离开了我的牧场，不再打扰我了。

不，等一下，更令人感到高兴的是，我取得了对那只讨厌猫的重大胜利。老兄，这种胜利的滋味很甜蜜，非常甜蜜！皮特在接下来的两天时间里一直没有从藏身的地方走出来。猜猜谁得到了他的剩饭？嘻嘻，这是我所吃过的最美味的剩饭。

哇，多么美好的一天！虽然开始时缓慢，不过结束却很威猛，这证明了我的那个观点——黑暗过后，黎明就会到来，所以，我们永远也不应该放弃希望。

就以这条充满智慧的名言收尾，案件结束。

哦，还有一件事。牧场上的人们始终没有搞清楚那些鱼是怎么来到院子里的。我的意思是，他们对此大惑不解。嘻嘻，只有你们与我知道答案，不过，我们是不会说出来的。

嘘。

第55册《秘密武器》

　　一个逍遥法外的窃贼，仗着他那超级诡秘、超级恶臭的秘密武器，到处入室作案。当这个家伙锁定单身汉斯利姆的小屋准备下手时，警犬汉克马上采取了行动。不过，汉克在被某种恶臭难闻的炮弹击中的情况下，也能够扭转局面吗？

下册预告

你读过警犬汉克所有的历险吗?

1. 《警犬汉克初次历险》
2. 《警犬汉克再历险境》
3. 《狗狗的潦倒生活》
4. 《牧场中部谋杀案》
5. 《凋谢的爱》
6. 《别在汉克头上动土》
7. 《玉米芯的诅咒》
8. 《独眼杀手案》
9. 《万圣节幽灵案》
10. 《时来运转》
11. 《迷失在黑森林》
12. 《拉小提琴的狐狸》
13. 《平安夜秃鹰受伤案》
14. 《汉克与猴子的闹剧》
15. 《猫咪失踪案》
16. 《迷失在暴风雪中》
17. 《恶叫狂》
18. 《大战巨角公牛》
19. 《午夜偷牛贼》
20. 《镜子里的幽灵》
21. 《吸血猫》
22. 《大黄蜂施毒案》
23. 《月光疯狂症》
24. 《黑帽刽子手》
25. 《龙卷风杀手》
26. 《牧羊犬绑架案》
27. 《暗夜潜行的骨头怪兽》
28. 《拖把水档案》
29. 《吸尘器吸血案》
30. 《干草垛猫咪案》
31. 《鱼钩消失案》
32. 《来自外太空的垃圾怪兽》
33. 《患麻疹的牛仔案》
34. 《斯利姆的告别》
35. 《马鞍棚抢劫案》
36. 《暴怒的罗威纳犬》
37. 《致命的哈哈比赛案》
38. 《放纵》
39. 《神秘的洗衣怪兽》
40. 《捕鸟犬失踪案》
41. 《大树被毁案》
42. 《机器人隐居案》
43. 《扭曲的猫咪》
44. 《训狗学校历险记》
45. 《天空塌陷事件》
46. 《狡猾的陷阱》
47. 《稚嫩的小鸡》
48. 《猴子盗贼》
49. 《装机关的汽车》
50. 《最古老的骨头》
51. 《天降大火》
52. 《寻找大白鹌鹑》
53. 《卓沃尔的秘密生活》
54. 《恐龙鸟事件》
55. 《秘密武器》
56. 《郊狼入侵》